愿言怀人

杨葵自选集 卷三

杨葵 著

作家出版社

自　序

一组数字：第一次在报刊发表文章是 1987 年，迄今 35 年。总计写过约 200 万字文章，出版过 9 种文集（含增订本）。从中精选 40 万字，编成这套 3 卷本自选集。其中约 8 万字是近两年写的，未曾结集。

书和读者见面，应该已是 2022 年。1992 年我在作家出版社做编辑，编的书里有《贾平凹自选集》，这套书后来引发中青年作家出文集的热潮。整整三十年后，文集热早已平息，我个人自选集在作家出版社出版。

读过的古诗词中，如果说有最爱，是陶渊明的《停云》四章："霭霭停云，濛濛时雨……静寄东轩，春醪独抚……愿言怀人，舟车靡从……东园之树，枝条载荣……"自选集三卷书名就从这里选的词。

"枝条载荣",枝繁叶茂之意。这一卷的文章都是讲过日子的点点滴滴。柴米油盐的日常生活正是枝繁叶茂的样子。

"静寄东轩",在东边小屋独处之意。这一卷的文章都与文艺、阅读、写作有关。轩是有窗的小屋,正是我此刻书房的模样。

"愿言怀人",思念亲友之意。这一卷的文章都是在写人,陌生的熟悉人,熟悉的陌生人,大多是亲友,也暗合了这层意思。

这是第三卷,收录的文章主要是之前出版的《过得去》《百家姓》两种书的精选。另有这两年新写的几篇痛心怀人之作,也将它们改换标题,并入"百家姓"系列。

《过得去》和《百家姓》是我的书里流传相对较广的两种,前者后来出过增订版,后者共有三个版本(含台湾版)。选了部分自序和后记,作为本卷附录。

辛丑孟冬,阳羡溪山

目 录

老楼的老人

很多当年写过诗的人，一定还记得虎坊路甲 15 号这个地址，甚至可以准确背出它的邮政编码，100052。因为这里曾经是《诗刊》编辑部。曾经天天有好几麻袋的诗稿被 52 支局的邮递员扔在院门口。

其实当时《诗刊》在这座楼只占一个单元。这是一幢红砖楼，共有五个单元。一单元有五层楼，是《诗刊》编辑部；后四个单元有六层，是中国作家协会和中国文联的干部宿舍。

这幢楼建成于 1983 年。刚盖好那阵儿，有南边那群七十年代兴建的旧灰楼比衬，颇有新贵之气。时过境迁，那片灰楼统统拆掉，拔地而起一大片簇新的商品楼，名字又雅，叫陶然北岸，这座红砖楼再怎么粉刷外墙、翻盖屋顶，也攀附不上时代的急促步伐，当即老态毕现。从此我管这座楼叫老楼。

叫老楼，不光因为面儿上老了，楼的里子，也就是楼里住的人，也很老。

这楼当年是作协和文联的所谓"高知楼"，两个中央直属单位的高级文艺干部，但又没有高到够住木樨地部长楼的，大多住在这里。七十年代末，他们被组织从四面八方捞回北京，恢复党籍，恢复待遇，趁着落实政策的兴头，群情激奋，蜗居在团结湖、前三门、和平里等处的狭小住宅，点灯熬油，为文艺界的拨乱反正做了大量实际工作。活儿做得告一段落，新鲜劲儿也过去了，人心一时有点涣散，作协和文联就联手盖了这座楼，安抚一颗颗受了几十年创伤的心灵。那时的高级文艺干部，今天如果活着，早已是耄耋之年，所以说这楼的里子也很老。

这块地皮，据说当年是特批给诗刊社的。具体批的当然是北京市相关部门，但这道批文的缘起，却涉及毛泽东。五十年代初，诗人臧克家等人为筹办《诗刊》给毛泽东写信，得到毛泽东倾情相助，还把自己的几首诗整理了，交《诗刊》发表。这段历史多人写过，我不赘述了。总之后来这块地就姓诗了。一场"文革"，全中国的房产户主乾坤大挪移，到了八十年代初，这块地皮上的一幢黄色三层小楼，却是归中央电视台所属。后来怎么讨价还价、据理力争，都不晓得了，总不外乎折中处理这条大原则。结局是一劈两半，虎坊路 15 号是中央电视台某部门，虎坊路甲 15 号属于《诗刊》的上级主管单位：中国作家协会。

我十五岁随父母搬进甲 15 号院，二十五岁离开家长自己讨生活，在那里住了十年，耳濡目染，攒下一些记忆。真要写成文字，不过是些凡人琐事，而且太过零碎，很难连缀成文。但是细想想，也还算有特色，特色在一个老字：老楼、老人。

这个老，当然不止字面的意思。什么意思呢？也说不清，先记下来。

壹

九十年代初电视剧热，而且时兴改编现成的长篇小说。有个导演朋友想起路翎的名著《财主底儿女们》，得知他和我住邻居，托我代为联络改编版权事宜。

近年来少年写作被人追捧，好像二十岁出头的俊男靓女，能写长篇小说很了不起。其实再早的唐宋元明清不必说了，六十多年前，十七岁的路翎就已经写了《财主底儿女们》。后来书稿遭战火焚毁，又重写。1945年正式出版后，胡风曾作如此评价：自新文学运动以来的，规模最宏大的，可以堂皇地冠以史诗的名称的长篇小说。

英雄相惜，可能也正因此，后来路翎成了所谓"胡风集团"的铁杆儿。早年胡风集团与他人论战，常被对方指责只有苍白的理论，拿不出一本像样的创作。自从有了路翎，胡风集团再也不怵这一软肋。五十年代中期，路翎被划在"胡风反革命集团"名下，在单人牢房过了很多年。重见天日，头发全白。

白头发的路翎在甲15号很特别，独来独往，与所有人从不打招呼。住在楼里的，远近都算同事，见了面，至少会点头示意。当然也有迎面假装不见的，那是因为文人相轻，抑或左中右观点不同，道不同不相与谋。但是，假装不见也是一种打招呼，各自相遇那一刹那，心电图上都会起些涟漪。路翎则不然，是真的不理人，紧埋着头，想来即使与人擦肩而过，内心也是死寂一片。别人倒也不在意，一是因为长此以往，习惯成自然；二是因为，他十几年如一日，散乱的白发稀疏柔弱，衣衫陈旧且有些破烂，走路略有点跛，动作也不协调，偶尔抬头时，可见目光呆滞。大家从这呆滞，很容易联想起他受过的苦，明白他精神上所受刺激尚未彻底恢复。

但是，大家都想错了，他心里什么都明白。

那天晚上，我敲响路翎家的门。可能家里太久没来过外人，他老伴儿神色颇显惊讶地出现在门口。听明来意和邻居的身份，当即放松许多，将我迎进书房。

他们家太黑了。黑乎乎的墙，黑乎乎的地，灯光很暗，家具极少，且很破旧。暖水瓶还是那种竹制的外壳，在当时也要算文物了。所谓书房，不过比其他屋子多了一张书桌，基本看不到什么书。在这座楼里，见惯了别人家的精美装修、敞敞亮亮、满屋子的名人字画、满柜子的文艺图书，所以乍一见这情景，我有点被惊着了。

老太太半身不遂好多年，但在他们家，显然还是当家的身份，招呼客人，端茶倒水。我和路翎谈话的时候，老太太寸步不离，服侍老头儿只是原因之一，另一个原因，是当翻译——路翎说话非常难懂，不是口音的问题，而是发音方法奇特，乌里乌涂一大堆声音在口腔、鼻腔、胸腔里乱转，到头来只是些字词往外蹦，连不成句，所以老是听不清他要讲什么。

跟老人说明来访目的，并大略介绍影视剧的现状，老人目光空洞地盯着我，看似基本没听懂，或者说根本就没在听。老太太在一旁不时重复我的某些关键话头，比如版权费之类，老人的表情仍是没有丝毫变化，我一时有点绝望。老太太大概看出我的内心活动，有些无奈地望着我，场面有些尴尬。

这时厨房烧的水开了，老太太一瘸一拐地去灌水。正在此时，老人好像突然从沉睡中醒来，一抹亮光从眼中迅速升起，一把揪着我的手问：你，出版社工作？我说是啊。老人立即起身，从桌上捧来一堆稿纸搁我手里说：新写的，你看。老太太拎着暖水瓶进了门，见状赶紧说道：哦，是他新写的小说，你看看吧。

再看老人，目光炯炯，和刚才判若两人，充满期待地看着我。我只能开始翻看。首先发现，稿纸是商店里买的，四百字一页的那种。这座老楼的角角落落，随处都能翻出几摞全中国最权威的文艺报刊专门定制的大大小小的稿纸，路翎的稿纸，却是来自文化用品商店。

翻看那些稿纸令我分外痛苦。我读过《财主底儿女们》，真叫才华横溢，激情飞扬；可我眼前这堆稿纸上的句子，磕磕绊绊，比中学生作文好不到哪里去。最可怕的是，字里行间扑面而来的，是"大跃进"时代好人好事通讯报道的惯有气息，全是概念，空洞乏味。我慢腾腾地一页页翻着，心思早不在上头，只想着如何抬起头来面对老人期待的目光。我能感觉到它射在我的额头，一分一秒也未间断。

最终硬着头皮抬起头，向老人微笑，我说：挺好的，我带回去仔细看。

我看到老人眼里流出极端的失望，完全颓了，本来紧紧抓在我额头上的两道光，一下子溃退得无影无踪。尽管我已经竭力掩饰，但是老人什么都看明白了。我有点不知所措，发愁如何结束这场拜访。就在这一刻，老人本来已经溃遁的目光，再次凝聚起力量卷土重来，不过这次不是期待，也不是失望，而是一万分的委屈。他突然呼吸急促，神情激动，嘴里比先前更加含混不清地乌里乌涂了一句什么。我没听清，问他想说什么。他又说了一遍，还是没听清。这时老太太在一旁翻译道：他说，鸟关在笼子里时间太长了，放出来，就不会唱歌了。

路翎逝于 1994 年。他去世后好久，楼里还有很多人不知道。

贰

曾经有好多年，如果在傍晚，如果天气晴好，你碰巧路过虎坊路甲 15 号，会在院门口的马路牙子上看到一位老人，气定神闲地坐着，一般会披着件外套，屁股底下垫块硬纸板，头随着汽车流动的方向微微摆动。如果绕到他正面，你会看到一张刻满深深皱纹的脸庞，双眼深陷，神情严峻。

他叫舒群，和萧红、萧军算一拨儿的，当年东北作家群里最仗义的一条汉子。萧红曾有一段时间被不良男人抛弃，是舒群伸出了挚友之手，无微不至。舒群早年参加抗日义勇军上过战场，蹲过国民党的监狱，做过八路军总司令朱德的秘书。到延安后，做过鲁艺的第三任文学系主任（前两任是周扬和何其芳）。1942年，毛泽东在延安文艺座谈会讲话前夕，曾给舒群写信，请他代为搜集"关于文艺方针诸问题"方面的意见，要他"如有所得，请随时示知为盼"。八十年代初，他曾经以自己与毛泽东的亲密接触为蓝本，以小说的形式描摹出薄薄一本《毛泽东故事》。至今我还记得，书中的主人公叫爻群；还记得那书里遣词造句喜欢用四字组词，读着像汉赋，好比他写：中南海的门，大大开开。挺逗的。

在甲15号院，论资排辈，舒群名列前茅。整个楼里只有他家占据了同在一层的两套单元。无论房间数还是总面积，远远超过了部长楼，不知他为什么选择了虎坊路而不是木樨地。

我家刚搬进甲15号不久，有一天妈妈单位每人发了五十斤大米。总务处的人帮着送到楼下，妈妈没力气扛上楼，就先寄存在一层舒群家。晚上我放学到家，妈妈让我去扛米。

小阿姨开的门，舒群一家几口人正齐集厅里吃晚饭。奇怪的是，迎着门的上座位置，一个老头儿披件黑油油的老棉袄，居然是蹲在木头椅子上进食。我进门前明明准备好要叫伯伯阿姨的，可见了这场景，一时竟没叫出口。依我本来的心理准备，要叫伯伯的这位是个大干部，可眼前这位太不像了。后来看到一些影视作品表现解放初期那些进城干部家里来老乡，一律土得掉渣儿，对，那就是舒群给我留下的第一印象。

《毛泽东故事》出版之后，舒群就少有新作发表了。他和几十年的老朋友丁玲联名当主编，筹办起名噪一时的《中国》杂志。可在杂志最火的时候，他倒退居二线，不见了身影。

每天上楼下楼会经过他家，突然一天发现，门上贴了张纸条，七八寸长，三四寸宽，上边竖写了两行字：有重病人，请勿打扰。用的是枯墨。

不过，这样的字条，可能更像老人一种生活态度的宣言：远离尘嚣，不问世事，静静安度晚年。老人的身体其实并无大碍，因为碰到好天气，还会看见他拎张硬纸板，驼着背慢慢踱向院门口的马路牙子。坐到暮色四合，家人会来叫他回去吃饭。他应一声，当即起身。想来看汽车这种事，也是兴之所至，随时可以抽身而出，兴尽而返。

我上大学期间住校，每个周末回家。有一次正要进院门，突然背后有人喊我，回头一看，舒群正一边在屁股上拍打那张硬纸板上的灰土，一边向我招手。

老人问：你在北师大念书？

我说：是啊。

老人问：你们学校可有好老师啊！

我说：嗯。

老人问：有个陆宗达先生，知道吗？

我说：进校的时候，他给我们做过古汉语讲座。

老人一听瞪大眼睛，难以置信的神情，感叹道：福气啊！

我傻笑。

老人又说：我有问题想请教陆先生，可是腿脚不方便，没办法登门拜访，能代我转封信给陆先生吗？

我说：没问题。

老人拍拍我说：你在这儿等会儿我。

说完竟是带点小跑回了家。隔不一会儿，拿了一个信封出来交给我，说：一定啊，一定啊。

当天晚上，我打开那封未缄的信，里边两张纸，一张上面写着七八个奇形怪状的汉字；另一张则是一通谦虚实诚的短简，大意是说，自己正在整理古代的话本小说，每天沉迷于故纸堆，遇有几个生僻字，查遍古今所有字辞典，均无所获，"恭请陆先生教我"。

这比那次把他认成老农民更让我意外，在我印象中，舒群这一拨儿的作家，文学作品可能写得挺好，但是说到和古文啊、学问啊沾边的事，断无他们的份儿。万万没想到，老人闭门谢客，竟然在钻研一个古代文学课题。

我当时读中文系，专有一门课，就叫工具书使用法。课堂设在系里的工具书阅览室，里边从古到今所有和汉语有关的工具书好几大书柜。我回学校后，并未直接去找陆先生，而是自己先跑到工具书阅览室，翻箱倒柜查了一溜够，希望能独立完成老人交给的任务，也好到老人面前显摆。结果是一个字没查到，还得去求陆先生。

陆先生是黄侃的弟子，当时的古文字学权威。他看完来信和那几个字后，当即走到书案前，没查任何字辞典，拿起纸笔开始写，每个字读什么音，如何释义，大致起源及用处如何……就像在解释"的、地、得"这样简单的字。一刻钟工夫，一张墨迹尚未干透的八行笺已经拿在我手中。

下一个周末，我刚走到甲15号院门口，舒群老人已经站在那里等着了。我把陆先生的那张答卷递给他，他一边看一边点头，问我：陆先生查的什么书啊？我说人家什么都没查。老人抬头，眼睛瞪得老大。然后又埋头看，一边大声感叹道：学问哪！真有学问哪！真有学问哪！

那之后每次逛书店，我都会留意舒群整理的话本小说是否出版，但是直至今日未见踪迹，到底出没出，也没去细打听。

舒群逝于1989年，没隔多久，他的老伴儿夏青也离开人世，两人离世的日期挨得很近很近。听楼里人说，老太太是死于悲痛，因为俩人感情笃深。

老太太在我印象中，对人特别好，每次见到我都特别慈祥地笑，眼角全是深深的褶子，像一个农村家庭的老奶奶。直到她去世，我才听说，老太太是评剧艺术创始人张凤楼的女儿，年轻时候是评戏的一代名角儿，艺名叫小葡萄红。当时有个说法：听评戏，关内新凤霞，关外小葡萄红。

叁

甲15号的老人当中，就我所知，有两个人特别好酒。一个陈企霞，一个唐因。

二十世纪的中国文坛曾有两大冤假错案，一是前边提到的"胡风反革命集团"案，再就是"丁、陈反党集团"案。丁是丁玲，陈就是陈企霞。陈企霞在延安时代就和丁玲同事，解放初期，二人又共同主编《文艺报》。陈企霞离休前的职务是《民族文学》月刊主编，这么老资格的文艺干部，最后被安排在这个岗位，令人费解，里边定有故事。

陈企霞是浙江人，乡音浓重。关于他的故事很多，印象最深的有两个。一是说他生命的最后几年，老伴儿为其身体考虑，禁了他的酒。他就长年和老伴儿玩猫捉老鼠的游戏，手段极为高明，不管老太太如何实施"三光政策"，老头儿每天早上一睁眼，总能从床底下捞出个酒瓶，咕咚就一口。

还有个故事说，老头儿太性情了，给子女起名字特别偷懒。老大生在延安，所以就叫陈延安。依此类推，1949年后在北京生了孩子，就叫陈北京。可是后来生活稳定了，不像战争时期四处漂泊，一直在北京定居。陈北京的妹妹出生了，家人犯了难，问他这回该叫个啥。他说这还不简单，就叫陈幼京嘛。

唐因是陈企霞的学生。陈企霞主编《文艺报》的时候，他是报社的编辑，当时以于晴为笔名，写了不少文艺评论。"丁、陈反党集团"案发，唐因被当成丁、陈的"喽啰"，下放到东北。1979年落实政策后，他重返《文艺报》工作，做副主编。八十年代初，有一场批判白桦作品《苦恋》的运动，声势浩大，惊动中央主要领导直接指示如何结论。后来在《文艺报》刊登的那篇著名的长篇大论《论〈苦恋〉的错误倾向》，即出自唐因、唐达成二人之手。1984年第四次作代会开完，唐因被任命为新成立的鲁迅文学院首任院长。

唐因算是文艺干部里头最学究气的那类人，对人情世故完全不放在眼里，特立独行，狷介之士。晚年的唐因对很多人很多事看不惯，喜欢骂人。有一次他给文艺报社打电话问事情，接电话的是个年轻人，听到老人自报家门说自己是唐因，因为完全不知渊源，便像对待普通读者一样粗暴冷漠地说：你有什么事儿？几句对话下来，那小伙子还没摸清对方什么来头，已被老头儿劈头盖脸一通暴骂。后来单位领导找小伙子谈话，说那是老领导，人老了，脾气又不好，你就是装也该装得客气些。

不要以为唐因这是斤斤计较他人的尊重，他只是兴之所至，脱口而出，他心里不存这些事，他有好多重要的事要做。比如看书。

有一天我回家，刚进楼门，就听楼梯处传来趔趔趄趄的下楼脚步声。不一会儿，唐因出现在我眼前，披头散发，跌跌撞撞，脸上却是无比快活的神情。见到我，远远伸过手，使劲胡噜我的头发，哈哈狂笑，口中念念有词：哈哈毛头小伙儿！毛头小伙儿！好啊！毛头小伙儿。说完飘着就出了楼门。

后来得知，他那天读书，读出意外的大惊喜。几十年前，他在编辑稿件过程中曾经读到一句宋诗，当时查遍所有能找到的资料，未见出处。从那以后，这个疑惑就一直存在心上。那天偶然翻阅一本书，终于找到迟到了几十年的答案，所以喜成那副癫狂模样。

唐因还有件重要的事，是看球。可能和当年被流放黑龙江有关，他喜欢看冰球比赛，电视凡有转播必不放过。可他高度近视，看球过程中，不时需要趴到电视屏幕上找那只小小的球。有时趴在那儿也找不着，就纳闷地自言自语：球呢？球呢？

再有一件重要的事，是养猫。唐因晚年养了好几只猫，经常对着众猫聊天。有天正值有冰球赛转播，我从他家门口路过，听到屋子里唐因又在问：球呢？球呢？然后只听"喵"的一声，再然后唐因呵呵乐，跟猫对答道：哦看到了看到了，还是你眼尖。

1997年，唐因去世。那些猫下落不明。它们如果尚在世，一定会很奇怪，怎么没人再问它们球呢球呢。

我把陈企霞和唐因并在一起说，除了二人都好酒以外，还有一个原因，就是他们都曾遭遇过亲人自杀的悲恸。这也很可能是他俩晚年沉溺于酒的原因之一。

唐因早年的老伴儿，在全家流放东北期间自杀。陈企霞最小的女儿陈幼京，热爱写诗，曾经出版过一本很薄的诗集，得到老诗人蔡其矫的高度评价。八十年代中，陈幼京继承父业，在文艺报社做编辑。有天一大早，第一个到单位的一位大姐照常打开办公室的门，发现已经自缢身亡多时的陈幼京。

肆

甲15号的老人当中，我和唐达成接触最多。不仅因为他是我父亲的老同事，又同住一个单元；更主要的原因是，他有个儿

16

子和我同年，叫唐大年。1979年，我家从江苏，他家从山西，分头回了北京，我和大年头一次相见，直至今日，三十年了，一直像亲兄弟一样，三天一小聚，五天一大聚。所以我常在达成叔叔家里耗着。

达成叔叔刚回北京那段时间，创作力旺盛，像憋屈多年，终于有了正当渠道可以宣泄，一连气写了很多对当时小说、电影的评论。1984年以后，他做了中国作家协会的党组书记，从此写得越来越少。

有一年冬天，忘了为什么，只有我和他两个人吃晚饭。是在他家，阿姨和大年都没在。他从厨房拿出一个电磁炉，说咱们吃火锅吧。冰箱里有羊肉，还有些熟食，楼道里有冬季贮存的大白菜，他还开了一瓶汾酒，我俩就着锅子喝起来。那天他说了不少话，好多是他的人生体会。可惜那些内容对一个少年来说过于深刻，我到今天记不全了。零星的片段还依稀记得，他说，当官天天要处理好多杂事，张三离婚了，老婆到单位来闹；李四要分房子，也来单位闹。人人遇矛盾都往上推，最后都推到他这里，太浪费时间了，有那工夫，可以读多少书、写多少文章啊。感慨完，他有最后的总结，说做人还是要外圆而内方。

达成叔叔去世之后，我看到不少人写的回忆文章，都说到他当官那几年内心矛盾。老人当时内心具体如何，那些揣测在我看来，恐怕都说得太过简单，太过想当然。可到底什么样子呢，我也不去无谓地乱揣测，总归每次看到那样的文章，就会想起他这一席话。

1989 年，我大学毕业。毕业前我在中国文联出版社实习，可能表现尚佳，社领导暗示我可以留在那里工作。可我更想去作家出版社。我找父亲，请他向当时作家社的社长从维熙求情。父亲拒绝了我，说有本事自己去闯。我跑到达成叔叔家，我说我要去作家社，您跟他们说说吧。他当场爽快地答应，但屁股并未挪窝儿。

我说：那您打电话啊。

他说：啊？现在就打啊？

我说：过后您就忘了。

老人被逼无奈，起身去打电话。

还记得他在电话里说：维熙啊，给你派个人去，好用就留下，不好用退给我。

第二天我就去了作家社，当天就领到一部小说稿，命我带回家好好读了，写一份审读报告来看。我心里明白，面试通过，该笔试了。

两天以后，我读完小说，洋洋洒洒写好两页纸的审读意见，打算第三天一早去作家社交卷。晚上和大年通电话闲聊，达成叔叔突然让大年转告我，审读意见写完先送他看。

第二天我到他家，递上那份审读报告，达成叔叔当即坐到办公桌前，戴上老花镜仔细看起来。一边看，一边帮我改了几处用词。看完微笑着肯定了一句：嗯，还不错，回去再抄一遍吧，别让人看出来我改过。

1989 年风波过后，我到作家出版社正式报到上班，达成叔叔却因众所周知的原因突然离休。后来我在作家社工作得还算出色，也算为老人争了光。晚年的达成叔叔好几次见了我，都会说一句玩笑话：我唐达成最后一次为人民服务，就是为杨葵服务啦。

老人离休后天天在家写字画画，每次去他家，他都要展示新作品。有一次双手举着幅画问：怎么样？有没有点意思？美院一年级学生的水平总有吧？我逗他说：不止，至少是二年级。他听了很开心，哈哈大笑。

老人重病那段时间住医院，我不时会陪大年一起去看他。还记得我们仨在病房中看了香港回归的电视实况转播。病房里的小桌子上，笔墨纸砚齐备，他还在写诗作画。我还记得，就在那段时间，他为《中篇小说选刊》创刊多少周年纪念日，用丈二宣纸写过六个大字：人心齐泰山移。字巨大，笔力苍劲，完全不像出自病人之手，多年的功夫力透纸背。

一天闲聊起来，我问：您现在最想做什么事？他说：很想好好整理一下这些年的字画，找个小场地，办个小型的书画展。

这个展览后来在炎黄艺术馆办成了，可惜那时老人已不在人世。从展览开幕那天起，我就暗下决心，一定要帮老人出一本书画集。这个愿望终于在 2002 年得以实现。拿到《达成书画》第一本样书那天，翻着一页页散着浓重油墨味的熟悉的字体、熟悉的笔触，我觉得叔叔仿佛就在眼前。

伍

甲 15 号的住户之间，有着千丝万缕、错综复杂的联系。

比如前边讲的唐因是陈企霞的学生。其实这个楼里，陈的学生不止他一人，唐达成也是，还有后来做过中国文联党组成员的刘剑青，还有我的父亲杨犁。他们四个是五十年代《文艺报》的青年才俊，一同上下班，一同下馆子，也曾挥斥方遒，激扬文字，粪土当年万户侯。一场政治风云让他们几十年天各一方，再聚首，都已是五六十岁的老人。

四个人同住一楼，但平日各忙各的，互相之间还有些因性格、公务而生的小摩擦，难得碰头闲聊。直到有一年，陶萍阿姨来北京，痛痛快快大聚了一场。

陶萍阿姨的丈夫叫萧殷，是个评论家，做过《文艺报》的主编，所以也算四个人的师父。萧殷与唐因及我父亲的渊源要更深些——他早年在华北联大（即中国人民大学前身）任教，唐因和陶萍阿姨是他真正的学生，而我父亲当时也在那个学校，给文学院院长成仿吾做助手。

萧殷晚年一直在广州，桃李满门。他去世后不久，陶萍阿姨来北京散心，四个当年的兄弟在我家大排筵宴。我家住六层，陈企霞住在隔壁单元的六层，快八十岁的病号前后爬了十二层楼也来了。大家在一起大口喝酒，大块吃肉，气氛热烈得叫我在一边都受了感染。那顿饭局后不久，广东为萧殷立了一个铜像，哥儿四个又结伴同游广州，执弟子礼，为铜像揭幕。

一句被人说烂的话叫"天下没有不散的筵席",忘情的欢聚时刻,死亡的阴影也已开始笼罩到他们各自头顶。没过几年,哥儿四个相继去世。巧的是,按照年龄顺序,一个个地走了,像事先商量好似的。他们四人的终年都是七十一岁。

老一辈千丝万缕的联系,也影响到下一代。在甲15号院内,就曾有好姻缘成就,二单元戈阳的闺女,和三单元徐刚的儿子恋爱成亲,双方家长也是多年同事,这亲家走起来,是真省事。

还可以用我自己为例。我和前边提到的发小儿唐大年,上同一所中学,在同一个班,住同一幢楼。刚回北京时,两家住在前门东大街,他住十二层,我住十三层。后来又一起搬到甲15号,他住四层,我住六层。我俩整天形影不离,几十年过去,现在再坐一起,简直没什么话说,但是他一举手我即知他要做甚,我一投足他也明白我什么意思。成年以后,我们分头离开甲15号,唐大年做编剧做导演,不少名片出自他手,比如《北京杂种》《十七岁的单车》等。

有一天,我正在家中闲坐,听到楼下邮递员大声喊我名字,说有电报。飞奔下楼取了,看半天没明白上边说的是什么。纳闷中翻过头再看收电人姓名,才发现人家邮递员原来喊的名字叫杨小葵,比我的名字多了一个"小"字。按照电报上边写的单元、门牌号，我把那份电报物归原主，原来四单元江晓天家的儿媳叫杨小葵。

江叔叔是当年中国青年出版社的大编辑，没有他，就没有姚雪垠的《李自成》。后来也当官了，是中国文联的党组成员。他是有名的烟鬼，极瘦，任何时候嘴里都含着根烟。

后来我大学毕业，在中国文联大楼上班。有一天在电梯里，意外地再次听人喊杨小葵，这才和真人相识。再后来有一天，去文联音像出版社开剧本策划会，他们副社长主动到我面前自我介绍：我叫江淮，我爸爸叫江晓天，我媳妇叫杨小葵。

再比如，前不久一个饭局上，遇到当红女作家严歌苓。饭局组织者为我们互相介绍，我对严说：我二十多年前就认识你。

严歌苓原来的先生，是写《李双双》《黄河东流去》那位李準的公子，和我同住一个单元。小夫妻俩刚结婚时，常在楼里挽着手出出进进，夏天的傍晚，会在楼下打羽毛球。还记得那时的严歌苓非常漂亮，非常爱唱歌，有时在家坐着，听到楼道里有清澈的歌声，就知道李家的儿媳回来了。

前几天整理旧照片，发现一张上高中时候拍的照片，背景是我发小儿唐大年的小屋，所以手执相机的，必是大年。昏暗的灯光下，我举着一本书，书名叫《绿雪》。忽然想起，这正是当年严歌苓新出版的长篇小说。

陆

最后写写我的父亲。

2004 年，西南联大校友会的会刊要编辑我父亲去世十周年的纪念特辑，要我写一篇纪念文章。我实在不想写，原因说出来也很庸俗，就是想说的太多，不知从何说起。后来还是勉为其难写了。此番就将这篇文章略加修改，附在最后。我有我的用意，一是将其正式发表，也算我首次在正式出版物上缅怀我的父亲；二呢，这篇文章，是我眼中的父亲的一生，其实也不妨当作上边提到的所有那代人的一个缩影。

随着年龄增长，越来越清晰感觉到遗传不可抗拒，越来越明确在自己身上窥见父亲的影子。不经意间的举手投足，突然觉得似曾相识，仔细想想，父亲曾经有过。这感觉让我无奈，因为父亲的一生，不是我想过的一生。

1923 年父亲出生于江苏南京一个平民家庭。小学刚读完，中日战争，南京市民大撤离，百万人口半数出逃，父亲一家也在其列。逃亡人群混乱不堪，父亲与家人失散，小小年纪开始流浪，颠沛流离，吃尽苦头。1938年秋，流浪到湖南的他考入东北中学，总算得以栖息，开始为期六年的中学生活。东北中学鼎鼎大名，最早是张学良在北平为东北逃亡学生们创建，随战事发展一路内迁。父亲在湖南只读了半学期，就随全校师生徒步迁往四川省威远县的静宁寺。

父亲到晚年，一直悄悄在写回忆录，笔记体。我偷瞄过几页，喜欢那样的写作，放松、平和、自如、生动，好像只为写着高兴，完全不考虑公开发表。写的都是学生时代生活，在他笔下，那段日子天空湛蓝，一切都是清澈透明的，字里行间没有一丝怨艾。但我这个旁观者看，都是苦难——饥饿、贫寒、受辱、挣扎。

比如他有一份遗稿"怀念静宁寺"，写到当地的橘园，满篇宁静美好，但我分明听他讲过，当时威远柑橘大丰收，可惜交通不便，运不出去，眼看要烂在园子里，种植园主这才开恩，放穷学生进橘园，尽可甩开腮帮子吃，但是绝对不许带走。父亲说当时吃的呀，撑得走不动道，胃也忍受不了那么多酸，别提多难受了。然而第二天还去，吃得更多，因为平时饥一顿饱一顿的，饿怕了。

1944 年父亲高中毕业，考入西南联大西语系。父亲离休后，常有联大同学来家聚会，从他们的交谈中，我听到一些联大往事。这些人绝大多数都是联大剧艺社的活跃分子，当年这一社团人才济济，彭珮云、闻立鹤、王松声等都曾是成员，指导老师闻一多。绝不是挂名，是真指导，我亲眼见过闻一多为剧艺社创作剧本的手稿。父亲是剧艺社骨干，因为出演吴祖光《风雪夜归人》里只有一句台词的角色二傻子，得了个"二傻子"外号。据他同学们讲，也是父亲一向性格内向，只顾闷头干活儿，不吭不响，任劳任怨，确有"傻"的一面，所以，尽管他演过不止一个角色，比如我就见过一张剧照，父亲身穿国民党军装，那是出演当时一部名剧《凯旋》的男一号，可只有"二傻子"深入人心，被一路叫到老，叫到死——父亲过世，老伙伴儿到八宝山送他，泣不成声中喊的还是"二傻子"。

还听说，父亲在联大读书时，伙同几个同学创办了一所昆湖小学，接济穷苦人家孩子，义务教他们读书识字。也正因此，他被中共地下党组织认定为可团结对象，陆续就有"左翼"人士与他接触，他还积极参加了"一二·一"民主运动。

抗战胜利，西南联大终止办学，师生分批北返，父亲转入北京大学继续读书，并担任北大剧艺社总干事。此时，他和中共北平地下党组织的接触多起来。1948 年 2 月，因身份暴露，被紧急转移到冀中解放区，更名换姓，先在华北联大"洗脑"，随后加入中共，到成仿吾领导的高等教育研究会工作。

听他讲过，北平城围而不打那段时间，他和成仿吾等人驻扎在后来的北京首钢附近，每天的工作是骑车进城，买各种小报，打探各路消息，重点分析北平各大高校知名教授的思想动态，再制订相应计划，想留下的进一步落实，想去台湾的设法阻拦。关于这段经历，他还讲过一个细节：成仿吾有个警卫员随时跟在身后，久而久之二人步态完全一致，旁人从背后看到如同克隆的一双背影，忍俊不禁。

北平和平解放，他是第一批进城人员，先在军管会文化教育接管委员会，然后被派到第一次文学艺术工作者代表大会筹委会。文代会开完，开国大典还没举行，他到新创刊的《文艺报》做编辑部副主任。1955年升任中国作家协会办公室、研究室副主任，前途无量的样子。不过好景不长。

父亲有一套一寸免冠照片，自小学开始，初中、高中、大学、工作……贴满一本相册的第一页。每次看到这些照片，我都暗自比照，父亲在我这个年纪正在做什么。那页相册最后一张，三十五岁的父亲英俊到令人惊叹，气度不凡，但是眉头皱得很紧。那一年，他得了顶帽子，叫右派。

父亲留下的故纸堆里，有一份油印的"关于杨犁同志右派问题的复查结论"草稿，据此文，他被划为右派的主要证据是：
一、1957 年春整风鸣放时期，在作协党组扩大会发言中，为丁
（玲）陈（企霞）集团翻案，诬蔑党组关于丁陈问题给中央的
报告是个假报告，要求党组老老实实承认错误；二、勾结文艺
报的右派分子唐因、唐达成、侯民泽等，企图推翻 1954 年中
央对文艺报所犯错误的结论；三、诬蔑作协的肃反运动，利用
职权把创委会整风小组一度引向反党方向……不容任何申辩、
任何挣扎，再忠诚，再努力，异己的帽子扣得死死，多少委屈
只能干受着，他被流放苏北淮河流域那片盐碱地。命运送给他
的，又是苦难。

我在那片盐碱地出生，十一岁随父母落实政策迁居北京。如今
回头检索那十一年，于我，正像父亲晚年再写少年事，成长的
欢乐占据主要成分，但是里边也有阴影，这个阴影就是父亲。

家住淮阴地区涟水县五金公司仓库区，空荡荡的院子，一半库
房一半住宅。院外蜿蜒数十里的林带，绿树浓荫、空气清新，
却少有人去，因为那是当地的坟场。我胆子大，小孩子又没什
么忌讳，整天在树林里疯，冬天笼火烧枯叶，夏天爬树摘槐
花，每天疯成泥猴儿一样回到家，瞧见父亲背影，一腔热乎气
儿登时散得一干二净。

父亲在苏北，在一个七年制学校教书，除了音乐，教遍语文数

学乃至体育等等所有课。家里没有像样的桌子，东窗下有台缝纫机，父亲就背对着全家，在那上边伏案工作，有时备课，有时念书，还有时写点什么。看他的背影很难受，那姿势总是很不像样儿，歪七扭八的。最常见是用手抵着胃部，偶尔还有痛苦的低吟。他的胃病很严重。

几年后，怀疑是胃癌，胃切除手术切了三分之二。那一阵儿吃饭他只吃一口，神情痛苦。

那时候的父亲非常严厉，很少和家人说话，也很少有笑脸。我和哥哥有时候耐不住寂寞，成心找碴儿问他点什么，回答总是简单到不能再简，再怎么问，只有"不晓得"三个字。现在想来，我们那些问题，他其实可以说些什么的，只是身心俱疲，实在没心思说。他心里苦，不愿意在孩子们面前流露，免得让我们过早触及苦痛。

父亲对我们的爱，表现出来竟是反方向的，是出格的严厉。家门口百米开外，是一条黄河故道，每到夏天，左邻右舍会去河里游泳。我水性不好，可又贪玩，尾随哥哥去河里扑腾。怕被淹着，拿个洗衣服的木盆扶着向河中心漂。父亲突然出现，把我拎回家，二话不说罚跪。

我委屈得眼泪狂流，他却视若无睹，背对着我径自备课。后来他让我起来，说了一番话，大意是说我那样做太危险，战争年代河边有过一场战役，河底遍布大大小小的弹坑，夏天旋涡又多，他怕我在河里出事，不发那样的狠，我不会长记性。

现在我明白了，当时再深一层的话他没说，他是要我们从小就懂得保护好自己，家里正在经历前所未有的逆境，再也经不起任何打击，万一有什么闪失，无法指望任何人来帮助我们这样一个家庭。

我越成年，越能理解父亲当年的严厉。如此对待孩子，也许不是最佳方式，可他性格如此，既然装不出轻松，演不出潇洒，就把所有苦憋在心里，不触及他人，哪怕是自己的亲人。所以那些话他只憋在心里。

整理父亲的故纸堆，还找到 1979 年第四次全国文代会的两个证件，一是父亲的代表证，二是大会的工作证（意外的是，工作证编号竟然是 001，可能因为他是大会宣传处长，近水楼台吧）。两张证件令我想起父亲刚刚平反回到北京时的样子，很兴奋，像当时所有重获新生的知识分子一样，全身心扑向百废待兴的事业。急匆匆的身影在我们面前都是飘过的，根本没工夫搭理我们。我们的感受却和早年截然相反，再也没有抱怨了，因为父亲脸上常常挂着笑容。可惜，仍旧好景不长，父亲很快又陷入新一轮痛苦。

痛苦一方面来自世事纷杂，事业艰难。一件非常简单的事，要绕无数个弯子才能达成，想干正事儿，就要忍受无穷无尽的委屈甚至冤枉，这让性格耿直的他有点灰心。偏偏他又被人当成独具开创精神的人，从他重返北京，至1991年离休，始终在做那些从头做起的事。先是几乎等于无中生有地编纂《六十年文艺大事记》，筹备第四次全国文代会、起草大会文件；1980年底开始，几乎从零开始恢复《新观察》杂志；1983年开始，又是平地起高楼筹建中国现代文学馆，后来又兼任《中国现代文学研究丛刊》主编……几番打拼下来，铁打的身体也经受不住啊，何况他已是六十多岁的人了。

另一层痛苦来自身体。毕竟年岁不饶人，他心气儿高，工作起来拼命似的，可身体渐渐跟不上了。常看他下班回家疲倦地倒在沙发上，面色惨白。还不能劝，不服输，越劝倒好像受了提醒，意识到时间的紧迫，马上起身继续劳碌。

再一方面，也是最惨痛的一面，父亲越到晚年，越觉得自己这一辈子走了许多弯路，做的那些工作固然不无意义，但并非最适合自己，也并非自己最想做的事。这让他内心越来越苦不堪言。

曾见他填写一份履历表，其中一项"有何业绩"，居然只写了自己做编辑，"增删字句，数字数，画版式，及相关杂务"等等，而在我看来意义重大的诸如创建中国现代文学馆之类，全都一笔带过。他此时已将这些看淡了。

如果重活一生，他会选择什么呢？他说想做学问。

父亲萌发做学问的念头应该是在现代文学馆，证据是他编了一本七十万字、八百多页的《胡适文萃》。编选一部文集，别人可能一两个月足够了，可是他呢？1985年我上大学，他就在忙活这事儿，等书出来，我已经在这本书的出版机构工作两年了。这不是一部普通的文选，是他深入研究胡适，最后以述而不作的方式呈现研究成果。1949年后很长一段时期内，胡适在大陆始终是反面形象，著作当然不能正常出版，偶尔面世，都是供批判用的反面材料。没仔细考证过，印象里直至《胡适文萃》出版，胡适终于以非常谨慎的正常形象出现。

父亲离休后，常常只有我俩在家，分头窝在房间，各做各的事。工作累了，坐在一起闲聊聊。那时他的心态从未有过地平和，心灵深处是安静的，不时讲起自己的一生经历。那些聊天的时刻真是愉快啊，常常聊到暮色四起，甚至夜幕降临，浑然不觉。妈妈下班回家看这爷儿俩，会扑哧乐了——这么黑，都不知道开灯！

父亲在那些聊天中曾经说，如果再活一世，他一定选择做学问。他说，自己爬墙头儿搞学生运动的时候，另一部分同学泡在图书馆。现在那些同学都在学问上成绩斐然，他钦佩那些人。并非看低自己所做的工作，只是以一生的经验，到头来发现，这些事情并不适合自己，因为始终不习惯与很多人打交道。自己做学问，天资不算太高，最后也不会有什么了不起的成果，可是一分耕耘一分收获，得失全在自己，清净。

父亲明确意识到这点，已经六十七岁，没有气馁，也不怨天尤人，从头做起学问来。他开始主持编纂《中国现代作家大辞典》。目录学向来是中国传统学术研究起步。这部辞典里，不光有作家的小传，最重要，也最有价值之处在于，收录每一位作家每一部作品的出版目录。父亲在骨子里，是个典型的传统文人，选择这一起步并不为怪。选择现代作家，当然与他晚年全力倾心的中国现代文学馆有关。

这部辞典耗时三年完成，耗尽了父亲最后一丝精力。到现在，它出版已有二十多年，仍是同类工具书中最为翔实可靠的一部，我常会用到。每次拿起它，都觉得沉甸甸的，那是父亲的心血凝聚，还有一个普通人一生的苦难糅合其中。

其实，父亲这一代人，大多苦难一生，谁也不比谁好到哪儿去。我眼中的父亲，不过是个代表人物。这代人从年轻时开始，命运中变数太多，来者全都猝不及防，比如父亲的逃难，比如从北大到解放区，继而从事文艺工作，等等，很多时候来不及考虑，更不容选择，可如此一来就是一辈子。这不仅是父亲一个人的苦难，也是一代人的苦难，更是整个社会的苦难。活在眼下的世界，再来回想这些，好似恍若隔世，其实呢，苦难只是换了一种形式与我们面对，人生之苦从未离开我们半步。

父亲1994年离开人世。他过世后很久的某一天，我枯坐陋室，翻开一本闲书，直念到夜幕覆满整个城市，忽然想到父亲。想到他虚弱的晚年，像许多老人一样，做过"课孙"这样的事。他曾学习胡适当年抄写"每日一诗"，为小外孙抄下厚厚一摞唐诗宋词，生字逐一注音，旁边不时还有返老还童风格的图画。还想起在他临终前，站在病房窗户边，望着楼下一群儿童欢乐地嬉闹，他说：想小外孙了，想回家，看他在院子里踢球……这也是他留在人世间最后的话。

我和我的作者们

一直做编辑，书、报、刊都编过，主业是图书编辑。先后与几百名作者有不同程度的往来，其中有名家，也有名不见经传的普通人，在我这里都一样的身份——作者。

要写"我和我的作者们"，没一个想落下。可是，不算那些只读了书稿外加通信联络没见过面的，单是最后有书稿经我编发出书的就几百名，真要逐个写下来，读者不耐烦不说，这篇文章也要写到猴年马月。还是有选择地写比较现实。选择的标准，既非作者名声大小，亦非与我私交深浅，只看故事有没有意思。

电脑里有个文档叫"历年所编书目"，按时间顺序记录了我编发每本书的资料，书名、作者、发稿时间，等等。当年做这记录只是出于记事习惯，以备有案可查；二十年后成了我写这篇文章的线索，始料未及。

罗安昌

1989年我到作家出版社报到上班，先在一编室看自然来稿。正跃跃欲试要报第一本出书选题，突然出了问题。

副社长亚芳找我谈话，神情诡秘，难以启齿的样子。我年轻气盛，没大没小地直言：有话尽管直说。

直说出来的话是这样：遵照上级（作家出版社的上级主管部门是中国作家协会）相关指示，今年新分配来的大学生需下基层锻炼，为期一年。这是国家的大政策，别的单位应届毕业生都下乡了，我们照顾你，下乡算了，就地锻炼吧，去校对科。

年轻的特点，一是觉得自个儿了不起，傲得没边儿；二是顶瞧不得婆婆妈妈絮絮叨叨。我那时刚满二十一岁正年轻，所以亚芳话音未落，我这厢两大特点化作两股情绪同时迸发，心里一万个不服气，开口却是一百个不耐烦的干净利落脆：哪天搬桌子？

其实也是因为，就算我想挣巴，也挣巴不出个名堂，很多同学在那年秋天，背着行李去乡村锻炼了，比如我认识的一位就被派到京郊某县某乡，协助乡干部管理计划生育大事。

虽然人在校对科上班，但因为是编辑下放锻炼，所以我仍需同时审读编辑部的部分自然来稿。很快，从自然来稿中刨出一粒金子。

江西农村的一个小伙子，叫罗安昌，写了一部长篇小说《爹爹坑》，写他家乡的一些人情世故。故事出奇的好，句子出奇的拙朴，有点像贾平凹，没太被污染却又有心的农民小天才。我连夜写了夸奖的审稿意见，第二天把稿子送给当时的编室主任。主任看完也颇多溢美之词，嘱我跟踪这位作者。

之后几个月内，我和罗安昌往返书信二三十封。那时还没有网络，全是白纸黑字真正的信，没一句闲言碎语，全在谈小说。短则一两页，长则七八页。他接受了我不少建议，将小说彻底重新翻写。

一天傍晚正要离开办公室，突然接到电话，居然是罗安昌，说来北京了，参加中央戏剧学院的招生考试。

半小时后，见到了这小哥们儿，差不多和我同龄，典型农民相，傻傻的惬惬的，衣着寒酸。紧张，外加赣南口音很重，几乎说不利落话。聊了半天才知道，这是他生平头一次走出江西，当然也是头一次来北京，更是头一次见编辑，《爹爹坑》是他写的第一部小说。我对他说：你别紧张，那什么，我呢，也是头一次见作者。

后来小罗没考上中戏，又去考北京电影学院，同样落榜。依他的说法，来了北京才知道，即便他过了文化考试的关，面试时也肯定要被刷下来。我问为什么，他结巴吭哧半天，最后说：我和那些人太不一样了……我太土了。

《爹爹坑》终审没能过关，当时全社正在压缩选题，如小罗这样的新作者，是首当其冲的压缩对象。我找终审据理力争，说小说写得如何棒，终审说，小说写得是不错，但确实没有好到那个地步，先放放吧。他还借机给我上了一课，说出版社这么多年下来，真正从自然来稿中挑出来最后出版的，只有一位作者的一部小说，也是河南一个农民。我当时听了这话，想起在学校，不少同学动不动就往出版社投稿，期待有朝一日突然被选中，真是瞎折腾。

这是我头一次以编辑身份与作者打交道，前后耗时半年多，结果出版未遂。后来我说服出版社，给小罗所在县的群众艺术馆写了推荐信，没过多久，小罗被调到县上工作，吃了皇粮。他很高兴，又写了好几页纸的信，谢了又谢。我心里有愧，没再回。

冰 心

家中书柜里有一张我和冰心老太太的合影。她坐在一个圈椅上微笑，我靠着椅背站立一旁。我对这张照片很看重，因为它于我意义特殊，老太太是我迄今为止二十年编辑工作中第一个真正意义上的作者。

上学期间，编过校园小说集《生命之轻与瓦罐之重》、台湾诗人洛夫的诗选集《我的兽》等几本书，但从出版专业角度说，这几本书我是"编著者"；做"责任编辑"的第一本书，是《冰心近作选》。

1990 年，结束在校对科八个月的锻炼，我回到编辑部。中国现代文学馆的周明明来访，说搜集了冰心十多年来散佚在报刊未结辑的散文随笔，想交作家社出版。

周明明是我校友，高我几班，当时在文学馆征集室工作，日常工作就是出入老作家寓所征集手稿。文学馆是巴金倡导创立的，冰心是文学馆最积极的拥护者、呐喊者，并首先允诺毫无保留捐献手稿（就在我写这篇文章时，上海正举办"巴金冰心世纪友情展"，可见二人关系之亲密）。文学馆工作人员的心里，冰心就像自家老奶奶。周明明编此书的初衷，多少也有类似孝敬自家老人的成分。

我和当年很多年轻人一样，对冰心的一贯印象就是《繁星》《春水》那类泰戈尔式的小诗，或者《小橘灯》那样的儿童文学，本来没兴趣，甚至莫名地有种逆反情绪，但是碍于情面，还是答应认真读稿。读完一惊，固然有些篇目从文学角度而言，明显仓促、随意，甚至个别篇目还有口号文学之嫌，但更多的，是《我梦中的小翠鸟》那样的优秀篇章。一个八九十岁的老太太，才思敏捷，句子干净，随手拈来即文章的气势，颇得晚明小品神韵。

也就从那一刻起，暗暗给自己今后的编辑工作定了个规矩：对任何一位作者，切忌先入为主、仅凭先前印象或任何他人的判断来做预判，每一部到了案头的书稿，都要不戴任何有色眼镜，从头到尾逐字读完，方可下结论。道理很简单，一是有色眼镜有欺骗性；二呢，每个人都在不停地变化，一个作者哪怕所有先前的作品都差，也不代表新作就不好，反之亦然。

写了充分肯定的审稿意见，正式申报选题。申报前先与周明明协商，定了书名，就用最朴实的《冰心近作选》。周明明提了个问题，她觉得自己不少编辑工作都有利用公家之便的嫌疑，比如用单位的复印机印文稿，用了上班时间；另外，要出版，也必须经过冰心本人同意，所以她提出请她的顶头上司、文学馆当时的副馆长舒乙共同担当这本书的编选者。舒乙是老舍之子，和冰心关系形同母子，有他协助，老太太那儿的版权自然无虞。我当场夸赞师姐就是师姐，想得周到。

为签出版协议去老太太家拜访。她看着我说，现在的编辑这么小啊！我说，不小啦，二十多啦！我小时候就来过您家，跟家长一起来的，那会儿确实小，不过估计您早不记得了。老太太一边致歉一边乐，说就你这样还什么"小时候"！老太太又问我哪儿上的学。我说我跟您是校友呢。她一愣，问怎么个友法。我说，我中学上的 166 中学，前身就是您曾经上的贝满女中。每次学校大会一讲光荣历史，必提您大名。老太太开怀大笑，说：你不错，爱说话，不紧张，我就怕那些来了紧张的人，好像我是老怪物似的。小孩子就该天性活泼才对。

老太太那年九十周岁，在她眼里，绝大部分来访者都是小孩子。

书印出来，去送样书和稿费。老太太的女儿吴青开的门，先堵住我嘱咐：老太太最近身体不太好，一刻钟吧，就走，成么？我当然点头。进了老太太那间洒满阳光的卧室兼书房，她正笑呵呵瞧着我，嗓音浑厚地招呼：可算来了，我这儿等半天了，坐以待币——坐等人民币。

我头次听到这说法，当场乐喷。很多年后，看到老太太眼里另一位"小孩子"李辉一篇文章里也忆及这一说法。看来老太太对此成语改造挺得意，不时用用。

我跟老太太说：您是我做编辑第一个作者呢，所以有两个请求，一是讨本签名书做纪念，二是要跟您合影。老太太说：都答应。先照相。

合完影，她扯过手边的一杆圆珠笔，在我递上的一本还散发着油墨香味的新书扉页写：杨葵小友留念。写完后说：哎呀，应该写小校友更准确。

后来老太太又和我聊了很久，她心爱的那只大白猫不时蹿到桌上，旁若无人，优哉游哉。她聊作家协会的一些现状，居然对很多人事全盘了解，出乎我意料。她聊"花有色香味，人有才情趣"，这话被我记到现在，多次写文章时引用。她聊原来在燕京大学的往事，还记得她说：我就不爱听什么"别了，司徒雷登"，人家司徒雷登帮过很多进步学生，好几个人都是坐着他的车才去了解放区。

我因记着之前吴青老师的嘱咐，不敢多扯，只静静地听，不时瞄手表看时间。渐渐地，老太太说话直气短，大白猫再溜达到手边，也懒得去抚弄了。我赶紧站起身告辞：老太太，您该休息啦，别累着，都赖我缠着您说话儿。老太太定了定神儿，一脸无奈外加歉意地说：确实累啦。

半个多月后，老太太托人转交来一个信封。打开一看，原来她逐字逐句把《冰心近作选》读了一遍。书里夹了十几张小纸条，标识那页有文字改动。我吓出一身汗，当即推开案头正在进行的工作，逐一核对。核完发现，真正校对错误不多，绝大部分都是老太太对自己文章的进一步语言锤炼，希望我们再版时改正的。

掩卷汗落，但这汗没有白出，从此之后，每次在书稿核红样上签字付印时，老太太亲手批改的那本书的模样都会在我脑海浮现，我会随时警告自己：真的仔细了么？编校质量真的有保障么？书出来要是错误太多，大道理不说，光作者这里就交代不过去。

傅惟慈　董乐山

1990 年前后，很多人在找一盘录像带，马丁·斯科塞斯导演的新电影《基督的最后诱惑》，因为听说它引发不少争议，欧美多处教徒上街游行。我知道它改编自希腊人卡赞扎基斯的同名小说，所以在找录像带的同时，出于职业敏感，还在找这本原著，想趁热打铁翻译出版。年底终于找到了英译本，下一步工作是找译者，首先想到翻译界老前辈傅惟慈。

此前曾随朋友拜访过傅先生，他住在新街口一条胡同里，独门独院。听说那条胡同原本都是他家祖产。老先生特别可爱，玩心重，喜欢古典音乐，喜欢喝酒，喜欢和年轻人一起玩，常在家组织小型 party，拌点凉菜，烤点面包，买点熟肉，大酒一喝至深夜，西式文艺沙龙气息浓厚。

傅先生 1923 年出生，通晓多门外语，尤其精于德语、英语，他翻译的托马斯·曼的《布登勃洛克一家》、格雷厄姆·格林的《问题的核心》、毛姆的《月亮与六便士》等，都是我的挚爱。由他来译，质量绝对有保障。

一天下午，包里揣着《基督的最后诱惑》英译本，求到傅先生门下。他说，书先放着我看看，然后再不提此书，只闲聊。先聊旅行。他说酷爱旅行，只要在家待超过半年，就浑身痒，经常背个小军挎就出门了。他给我看他的护照，说记不清这是第几本了。护照里，欧美多国使馆的签证花花绿绿，只剩一两张空白页，又该换新的了。

对旅行，我是井底之蛙，插不上嘴。后来又聊到，我也发烧古典音乐，老先生立时兴趣大增，开了瓶红酒，直聊到暮色四起。

过了些天，傅先生约我再次登门。他说书看完了，值得译，不过太长了，一个人译时间上有问题。他提出由他找个人合译。我心里正暗暗失望，心想肯定是要找个学生译，再由他审校。万没想到他说：人选已有，比我小一岁的好友董乐山。

我一惊。傅、董二位都是多大的腕儿啊，随便哪个肯亲自动手已属不易，居然还联合？前所未有吧？

董先生真的答应了，傅先生带我同去董先生家签订翻译合同。闲聊中，话赶话地，董先生讲了段往事：商务印书馆当年约他翻译《第三帝国的兴亡》，收到译稿后，编辑部要找人审校。董先生说：愿审校就审校吧，不过能审校我稿子的人不多。商务还是请人审了，一共只挑出两三处错误，经与董先生讨论发现，还是审校搞错了。董先生讲完这故事说，不是我傲，是我在这书上花费的心血太大了，别人做不到，我有这份自信。然后，董先生顺着这话头说，现在人都没什么耐心，做事都舍不得花工夫，出版物上错误连篇。你们作家社前两年出版过我翻译的《中午的黑暗》，扉页居然把我的名字印成了"董东山"。这次要不是老傅来劝我，还夸你做事细心，我是绝不会再与贵社合作的。

傅先生译前半部，董先生译后半部，译稿很快齐、清、定交来，精彩自不待言。可有个问题：他俩的语感有差异，傅先生奔放一些，如滔滔大河；董先生则以严谨见长，不温不火，用词非常谨慎。我做编辑，当然得解决这问题，可是面对当代翻译界最高权威的手稿，不敢轻易下笔改动。

跟董先生说起这苦恼，他鼓励说，在尊重原著和译者双方的前提下，文字统一的工作非常必要。与此同时他又极其自信地说：我和老傅在准确一点上，应该没问题，改动时请格外注意。

编辑工作持续了近一个月之久，字斟句酌，我对译稿做了极其细微的调整，主要是在两人衔接的部分。

出书后去董先生家送书，他没多说什么，只说封面做得还不错。那个晚上，我有点忐忑，我知道董先生会看，生怕自己的哪处改动会被董先生责备。

第二天刚一进办公室，接到董先生电话，电话那头微笑着说：书看了，挺好的，哎呀，时间隔得久了，都忘了自己是从哪章开始译的了。我听这话心花怒放，同时感激董先生之情在内心涌动。我明白，他是以这种轻松的方式，肯定我的编辑工作。

1999 年的一天，我在街上邂逅一位朋友，捧着一篮鲜花，正在等出租车。问他欲往何处，说要去董先生家吊唁。我这才知道董先生已去天国。

让人欣慰的是，傅先生还硬硬朗朗的。大约三四年前吧，有天我在后海银锭桥边坐着吹春风，桥上风风火火冲下一辆自行车，骑车的竟然是傅先生，精神矍铄。

雷建政　刘恪　谭甫成　皮皮

作家出版社曾有一套"文学新星丛书"，坚持了十几年，为新时期文学做过重要贡献。入选这套丛书的首要条件，是作家的第一本书，体裁只能是小说。自 1984 年开始编起，每年一辑，每辑大致五本，前后共出版十三辑六十四位作家的集子。如今检点这套书的作者队伍，阵容豪华，包括阿城、莫言、刘索拉、马原、余华、格非、徐星、查建英、残雪、刘震云、池莉、陈染、迟子建、马未都、阿来、张平、毕淑敏，等等。

早些年，决定谁能入选这套书是件难事，因为每年冒出来的新秀太多。九十年代初，文坛火山爆发期结束，决定选题仍然很难，因为新人们的质量一年比一年差。当然，人才还是有。

我赶上了"新星丛书"的尾巴,前后共编发四种:雷建政的《劫道》、刘恪的《红帆船》、谭甫成的《荒原》和皮皮的《危险的日常生活》。前三种顺利出版,皮皮的未出。

雷建政是出生在甘南藏族自治州的汉族,面相憨厚,脸上总有两片高原红。他八十年代初开始写小说,中短篇,量极少。《劫道》不过十万字,几乎是他当时的作品全集了。雷建政是典型的求质不求量,评论界好评不少。1988 年,中国作协下属的鲁迅文学院招了前所未有的一期研究生班,学员都是来自全国各地的佼佼者,莫言、余华、迟子建、洪峰、海男等人都在这班,雷建政也是其中之一。

编辑《劫道》书稿时,我和他深聊过一次文学,我总结他十年的创作轨迹,是从"五谷杂粮"到"文化",也可以说成从现实性、社会性到文化性的转变。早年他在边远地区,写的都是当地热气腾腾的生活,后来慢慢就"文化"起来,越写越险峻,比如这样的句子:"天,独自扯一片蓝,高高地去蓝了,空阔中,丢一个太阳傻傻地炽烈""门虚虚掩着,挤进来的阳光在门缝里夹成扁扁的一条,无聊地赖在砖地上"……我说,这样的句子偶一为之可以,全篇这样就有点戏过了。当然,那是一个全民奢谈文化的时代,雷建政一个从边远地区来的年轻人,难免要尝尝鲜,也能理解。

我这里多啰唆几句聊文学的内容，是想说那会儿的编辑与作者相聚，聊天内容大抵少有旁骛。新世纪之后，碰到些新作者，再用这种方式聊天，频频遭人讽刺与不屑。这是后话。

《劫道》出版后，雷建政就从北京消失了，此后再没见过，也没见他写什么新小说。听说他回了甘南，现在好像是当地的大干部。想想他那班研究生同学们，后来干什么的都有，有像莫言这样继续写到独孤求败境界的，也有像雷建政这样离开文坛从政的，还有像肖亦农那样边写作边经商的，甚至还有像洪峰那样，闹出乞讨事件，引得网上沸沸扬扬好一段时间。

刘恪是湖北人，当时三十岁左右，也是鲁迅文学院那届研究生班学员。1990年，作家社几个小说编辑为了组稿，组织了一次与那个班的联谊会，《红帆船》就是这次联谊的产物。

《红帆船》选题通过那天，我跟办公室同事陈染说，这本书就算我送给你们的新婚礼物吧。陈染本人也是小说家，她的第一本小说集《纸片儿》也是早年"新星丛书"之一。当时陈染刚从国外归来，到作家社做编辑，同时准备迎接自己的第二次创作高峰。她和刘恪在谈恋爱，这是编辑部公开的秘密。

编辑《红帆船》那段时间，有天下班坐在公车上，看到马路边人行横道上，刘恪推着辆自行车，车头挂着些刚买的菜，陈染挽着刘恪的胳膊，依偎走过，那一幕很感人。万没想到的是，《红帆船》的出版因为各种原因，拖拉了近一年，书出来时，陈染与刘恪已离婚。他们的婚姻总共只存在了半年时间。

陈染至今仍是作家社编辑，刘恪先是去了地质文联，再后来又去了哪里，不太清楚。

谭甫成出道很早，在《收获》这样的权威文学杂志上发表过多篇小说，多写西北荒原知青生活，苍凉有力。很多年后书市流行一本《狼图腾》，我立在书店翻了翻搁下了，当时的感觉是，这个调调儿谭甫成二十多年前早写过了。

我个人觉得，谭甫成如果刻苦些，《荒原》之后继续写，一定没《狼图腾》什么事儿。可他玩心太重，家境又好，不愁吃喝。印象之中《荒原》之后他没有新作品问世。甚至就连《荒原》里收录的作品，也都是他在 1991 年之前很多年写的，他当时已对出书这件事很不看重。我约他谈书稿，他拉我到一个小饭馆，喝着"小二"，书的事只字未提，倒是痛聊了一晚上古典音乐。聊至兴处不由分说拉着我直奔他家，听了三个版本的"贝九"。一边听一边遗憾地感叹：北京家里这套音响不灵，可惜了，你一定要到我深圳家里去听。

《荒原》出书后，没见过谭甫成。

皮皮是我非常喜爱的女作家，不仅喜欢她的小说，更喜欢她的为人。我曾和她说，她是我遇到的最有女性魅力的作家。

皮皮是作家马原的前妻，可能受马原影响，早年一直被冠以先锋作家的名号。后来与马原离婚，好像给她生活带来不小变化，沉寂了好些年。直至 2000 年复出，一本《比如女人》畅销一时，还被改编为电视剧《让爱做主》，皮皮又成了众家出版商追逐的对象。大起大伏面前，皮皮淡然处之，好像局外人。我为此对她愈加敬佩。

《危险的日常生活》书稿，正是皮皮沉寂期约来的。按体例，每本新星丛书需有一篇序言，别人大多找名家、长辈，皮皮却找了当时《收获》杂志的编辑程永新，她说，他编过我很多小说，最了解我，也肯定最容易说到实处。

书稿编完，社里突然决定，新星丛书因为长期滞销，停止出版。皮皮的这本书正赶上这一不幸。我把书稿打好包，收在办公室的抽屉里，偶尔还拿出来翻翻。

《比如女人》畅销之后，有天我逛书店，看到书架上有本皮皮新书，书名叫《全世界都八岁》，正是当年那本书中一篇小说的篇名，就猜到应该就是之前那本《危险的日常生活》。抽出来看，果然。

《危险的日常生活》在我这里出版未遂，皮皮并未怪罪，一切随缘的态度。前些日子我在网上查资料，鼠标瞎点一气，点出一篇皮皮的访问记，里边说道："杨葵很多年以前对我说过一句话，写作好比一条贼船，没上的最好别上，上去的也下不来了。他比喻得很对。所以我也许可以说，写作带给我无奈，不写不行，已经干不了别的。"我想半天，记不起什么时候说过这话。大概是有一个傍晚，我送她去北京站赶火车，到早了，我俩找了个咖啡馆闲聊了一气。说的什么记不住，但当时那份如沐春风、舒坦自如的心境，一直记着。

向兵　章小龙　骆玉兰　丁人人

曾有几年，市场流行记述影视作品诞生历程的纪实书籍，我也曾掺和这一领域，出过两本，一是记述电影《周恩来》拍摄经过的《寻找周恩来》，二是记述电视剧《北京人在纽约》越洋拍摄经过的《飞越太平洋》。两本书分别都是由两个记者合作完成，前者是向兵、章小龙；后者是骆玉兰、丁人人。

章小龙是北大中文系八六届毕业生，当时是《文艺报》艺术部的编辑记者。上海人，但一口北京腔，脾气半暴半豪爽，说话做事痛痛快快。我曾说他：你太不像上海人了。他声若洪钟地问：这算夸奖么？我说：你记住，北京人说一个上海人不像上海人，就是对他最大的褒奖。

小龙是我哥哥的同学，我姐姐的同事，又和我在一个楼上班，所以很快成了哥们儿。

一天中午，小龙带向兵到我办公室，说有正事谈。向兵比小龙大几岁，四川人，当时是《人民日报》文艺部的编辑记者。他和小龙都在报社分管电影报道，所以经常相伴采访，一同出席各种电影界的新闻发布会，时日一长成了一桌打麻将的兄弟。

正事是，他俩那段时间正在跟踪采访丁荫楠导演拍摄电影《周恩来》，重大历史题材，涉及众多当年红墙内的神秘事件，拍摄过程中奇事迭起，两个有心人觉得值得写本书。

那天下午他们俩给我讲了两三个小时的故事，把我的好奇心勾到欲罢不能，催他们赶紧写。

从这次聊天到书正式面世，只花了两个月时间。采取的方式是，我们三人共同策划列提纲，再由他俩分章节创作，随写完随编，全稿完成，直接校对下厂。

这一过程中，同样遇到二人文风不统一问题。小龙文风活，灵动跳跃，北大才子气息；向兵文风端正凝重，正是《人民日报》风范。我不时分头给他们打电话，提醒他们互相迁就些。还记得向兵有天早上很兴奋地打电话来，说终于摸到让文风活泼的小技巧，句子前边加点虚词。比如，"西花厅外大雪纷飞"，这太严肃了；"那西花厅外……"活泼点了吧？我当时没想清楚，未置可否，心想向兵多聪明的人，他说找到了，一定差不了。果然，那天之后再交来的章节，不那么凝重了。

最后发稿时有个小细节。向兵突然神情严肃地跟我和小龙说：这本书是联合作者，署名时能把我署前头么？我们仨经过这一场写稿编稿，已经成了无话不聊的好哥们儿，所以我和小龙当即就此话题对向兵展开"人身攻击"：《人民日报》的同志果然有大局观，你是怕将来中国版本图书馆的记录里，你被"章小龙等"给"等"掉了吧？向兵憨笑，不好意思地说：我岁数大嘛，排在前头应该的嘛。

后来的完整书名是《寻找周恩来——1991，什么属于周恩来》。出版后，立即被多家报刊选载转载，销售业绩不俗。还得了全国优秀纪实文学奖，我也因此得了个优秀编辑奖，和小龙、向兵一同去人民大会堂领奖。

向兵至今仍在人民日报社，小龙后来看不惯电影界的种种恶劣风气，北大才子冲冠一怒，写了长篇报告文学《珠影现象》，用他自己话说，揭示黑暗，自绝于影视圈。他也真的离开了文艺报社，走上职业编剧之路。主要作品有电影《上一当》、电视剧《英雄无悔》等。后者得了飞天奖长篇电视剧一等奖，他本人也得了优秀编剧奖。

我和小龙至今常来常往，不时还有合作。1996年，北京电视台要拍香港回归的长篇纪录片《方寸国土万千情》，组建四人总策划小组，有张颐武、蒋原伦，还有小龙与我。几个老友隔三岔五在红绿蓝宾馆碰头神聊，度过一个愉快的夏天。1997年，滕文骥的公司拍电视剧《找不着北》，小龙与我联合编剧。

骆玉兰是《北京晚报》记者，丁人人是《北京日报》记者，他们俩当时一直跟踪采访电视剧《北京人在纽约》的拍摄。

电视剧放映后爆火，王府井新华书店托作者邀请剧组演员，去搞一场《飞越太平洋》书籍的签售活动。后来到场的，有制片人刘沙与演员姜文、王姬、马晓晴等。

书店一楼大厅人山人海，姜文等人坐在一张临时搭起的长条桌后，挥汗如雨地签名签到手软，我在他们身旁服务。人群中，一位中年妇女左冲右突，终于挤到姜文面前，激动得眼泪充满眼眶，语无伦次。只见她从身后拽出自己七八岁的儿子，嗓音洪亮地说：姜文你看，你长得像不像我儿子！

姜文哭笑不得，扭头小声问我：这话是不是有点操蛋啊？

丁人人后来离开《北京日报》，参与筹建《北京晨报》，再后来不知又去何方发展。骆玉兰仍在晚报社，我后来每周给晚报写的"百家姓"专栏，就刊登在她的版面。

张　长

1990年夏天，我平生头次出公差，目的地昆明，去看云南白族作家张长的第一部长篇小说书稿，提出审读意见，并与作者协商修改方案。

这是旧时代传承下来的文学编辑工作风格，一部书稿，尤其长篇小说稿，一般都会经历这个过程——编辑看，提意见，作者改，编辑再看，作者再改……如是者三，最终出版。为此，像人民文学出版社、中国青年出版社这样的老牌大社，都有自己的招待所，专门接待来改稿的作者。作者常常怀揣牙刷牙膏换洗衣服到来，一住半年，随时与编辑切磋，来回琢磨。现在新时代了，这套作风已消失。

火车晃晃荡荡五十多个小时，终于到了昆明。张长把我带到一家招待所住下，说：旅途劳顿，先好好睡一觉，明天开始工作可好？

张长五十多岁，精瘦，眼窝深陷，眉间常紧锁，显得思虑很重，很有苦苦写作的模样。他是新时期云南文联较早在全国有影响的作家，七十年代末得过第一届全国优秀短篇小说奖。这次的长篇小说书稿名叫《绿太阳》。后来出书时，张长的同事、诗人于坚帮他起了个新名字《太阳树》。

这部书稿几经修改，1992年正式出版。我为这部书稿，也两下云南。

省文联在翠湖边，昆明最美的地界。两次去都住在湖边一家招待所，一日三餐就在文联院里换着人家吃百家饭。时日一长，与不少作家成了好朋友。老一辈的有写《欢笑的金沙江》的彝族作家李乔、诗人晓雪；中坚一代的有黄尧、汤世杰；年青一代的有于坚、王洪波，等等。

第二次去，恰逢云南省文联召集笔会，北京来了不少人，其中有汪曾祺。张长知道汪先生是我父亲西南联大的同学，关系近，托我邀汪先生去他家做客，想求一幅字。我满口答应，只让他多备酒。我知道，老头儿嗜酒，喝高兴了，别说一幅字，有求必应。

我去酒店接汪曾祺，与他同来参加笔会的、因长篇小说《少年天子》得了茅盾文学奖的北京作家凌力也在场，听说要去吃饭，申请同行。她说：我这一路寸步不离汪先生，他是大美食家，跟着他，吃好的。

我们一行到了张长家，只见桌上马爹利、绍兴黄酒、法国红酒、五粮液一字排开。张长说：不知道您爱喝哪种，都准备了点。汪曾祺克制地客气道：都尝一点儿吧。

厨房里叮叮当当，张长的爱人在忙乎。说到张长的爱人，也要岔出一笔，她是个钢琴家，海外华侨，五十年代随家人归国。当年周恩来在云南接待缅甸领导人时，她曾作为少先队代表，给周恩来献过花。和张长结婚后，生了两个漂亮的千金，张长为此戏言：亩（母）产两千斤（金）。

那天的酒局果然不出我所料，汪曾祺很快微醺，话越说越慢，且越来越密，双眼愈来愈迷离。我用眼神暗示张长，赶紧拿出预备好的笔墨纸砚。老头儿欣然起立说：好吧，写一首这次云南旅次所作七言绝句吧。我和凌力负责抻纸蘸墨，老头儿笔走龙蛇，酣畅淋漓。

突然，老头儿拎着笔尴在那里，面露难色。原来，酒力之下，光顾着酣畅了，谋篇布局工作没做好，四句诗刚写完一半，纸

58

已用掉三分之二。张长忐忑地建议：要不……换张纸？

老头儿脚下已有点打晃，估计写前两句已用掉不少气力，这时早已无心恋战，坚定地说：不用，后边写小字。

字越写越小，到最后已经挤到纸的左下角，想签名都挤不出一点地方。老头写完，笔一掷说：回吧。

张长看着那幅风格奇特的书法作品，夸也不是，嫌弃也不是，十二分尴尬。我见状赶紧打圆场：很珍贵啊！错版啊你知道吗，相当于"全国山河一片红"那个错版邮票啊，别人想求还真求不到呢！凌力也帮忙打圆场儿：前些天我们在笔会上，北京文联的韩霭丽求汪老赐画，原来都说他兰花画得好，结果，画了一块宣威火腿扔给人家了。

《太阳树》出版后，得了"骏马奖"，也叫全国优秀少数民族文学奖。张长来北京领奖，我们一起吃了顿饭庆贺。

米兰·昆德拉　盛宁

米兰·昆德拉当年在中国很红，我上大学期间，作家韩少功主译了《生命中不能承受之轻》，就是作家社出的。我从学校后门的昆仑书店买了一本，连夜读完觉得好，推荐给很多同学。

1991年初的一个饭局上，友人李大卫提起，昆德拉出版了新作《不朽》，美国 Grove 出版社已出英译本。我当即要求买那天晚饭的单，条件是请大卫代我从国外购买《不朽》的英译本。

想想那会儿出版业真是闭塞，互联网还要过几年才在生活中出现，平日一些外国文学动态，基本来自《世界文学》《外国文学动态》《外国文艺》等杂志。那些消息，最新的也差不多是一年前的消息了。幸好有了李大卫，他本人是个作家，又通晓英、法文，曾参加美国新闻署的青年交流计划，也有亲属在美国，因此经常向我们传播一些最新消息。李大卫也是我的作者之一，我编发过他的长篇小说处女作《集梦爱好者》，有评论家称其为中国唯一真正意义上的后现代小说。

找译者时，先找了好友张小强，他在社科院外文所工作，经他介绍推荐，认识了盛宁先生。盛先生当时是外文所研究员，《外国文学评论》副主编，毕业于复旦大学，曾在哈佛大学、斯坦福大学做过访问学者。见他之前，我先做案头功课，找来盛先生以前翻译的作品认真研读，觉得他的译文信、达、雅。

承蒙盛先生相助，译稿很快交来。同是做编辑的人，页面极其干净，改动之处也是标记规范，看着就赏心悦目。一切都很顺利，1991年底，转译自英文版的《不朽》上市。

不久，有位迷恋昆德拉的读者在《文汇读书周报》上撰文，对"《不朽》的责任编辑"大加责伐，指斥我糟蹋原著云云。

事情的原委是，《不朽》原著里有对革命导师指名道姓的讥讽字句，被我在编辑过程中删除。为对历史真实负责，我写了个出版后记，说明因为众所周知的原因，对原稿极个别地方进行了删改。

这骂挨的，我心里很委屈，心想如果不删稿，至少在当时这本书无法面世，这位昆德拉迷也就无法看到昆氏的新作。可这道理无处言说，骂就骂吧。

前两年看到广告，说昆氏作品集出了全新版本，据说完全忠实原著，毫无删改。虽说十几年过去，但说老实话，"毫无删改"的口号我不太信，很想找来对照读读，学习一下如何处理敏感内容。

贾平凹

九十年代中期，图书出版界兴起中年作家出文集热。开风气之先者，是作家出版社的《贾平凹自选集》。

贾平凹是作家社的老作者，八十年代初即有作品在作家社出版。1987年他的长篇小说《浮躁》又交给作家社，这部小说被称作贾平凹鸿篇巨制"商州系列"的开篇之作，在其作品中地位重要。1988年，《浮躁》荣获美国美孚飞马文学奖，我们小说编辑室开始筹划出版贾平凹文集。

可惜刚开始，就赶上1989年社会变动，出版社领导班子大换血，此事被搁置了两三年。1992年形势稍稳，旧事重提。

全社选题会上，"贾平凹文集"这一提法遭到一些老编辑的反对，在他们心里，只有鲁郭茅巴老曹才能叫文集，贾平凹？文集？荒唐！

现在回想起来，当时的社会条件下，如此书名确实意识超前，尽管不过一两年之后，满街都是中青年作家的文集，甚至猛不丁儿在书店看到一套齐刷刷的文集，凑上前一打量，没听说过的作者。

折中方案是改叫"自选集"。老编辑们的意见其实有道理，他们都很严谨，确实不是"文集"。文集的概念一般偏向于"全集"之意，而我们要出的，以及后来风靡一时的各种文集，不过都是些"选集"。至于为什么加上"自"，主要是考虑市场，显得乃是作家亲自选定，更能吸引读者吧。

"文集""自选集"之争持续了很久，可见当时出版业的氛围，仍是严谨占上风。要说大概也正是从这阶段起，为了好卖就胡乱起书名的作风大行其道。这也许是中年作家出文集热的另一个里程碑意义。

贾平凹自然高兴，答应立即"自选"。果然没多久，编好全套书交差。总共六卷，第一卷长篇小说《浮躁》，第二卷中篇小说集《妊娠·逛山》，第三卷中篇小说集《黑氏》，第四卷中篇小说集《佛关》，第五卷短篇小说集《油月亮》，第六卷散文集《闲人》。不过他交来的可不是书稿，也不是以前发表作品的复印件，只一个小信封，内含五页稿纸，分别开列了五本书的目录。《浮躁》单独成卷，不必再列。

几个编辑分头编稿，我主动挑了短篇卷《油月亮》。就在写此文前不久，有天在家翻箱倒柜找东西，翻到当年一个笔记本，突然掉出一张纸，正是《油月亮》的那页目录。字迹朴拙、工整，是贾平凹亲笔。

自此与贾平凹结识，不时相见。有年春天，他从西安来北京开"两会"，住香山饭店。我和一个社领导专程到访，坐没多久，正聊得热烈，他突然接了个电话，挂断后说：实在抱歉，我要回西安，有个人路过西安，必须赶紧回去专程会面。说完立即开始收拾衣物。我听了目瞪口呆，因为那天他刚报到，不知何方神圣令他如此恭敬。

还有一年，我和一个同事到西安出差，先请西安几个作家吃饭。饭桌上，贾平凹拿出自带茶叶，说饭馆茶太难喝了。茶泡好，大家喝着，等菜。贾平凹手上一盒陕西名烟"好猫"，抽出一根，烟盒就空了，他说：坏咧，没烟咧。我同事赶紧说：叫！叫！同事出手大方，叫了一条"中华"。同席作家杨争光开玩笑：平凹刚才拿茶的时候我就猜，不定憋什么坏呢，他这是要用一泡茶换你们一条大中华。

后来那席饭，一直在讨论贾的抠门儿品质，西安那些朋友历数他的抠门儿"罪状"。最搞笑一条是说，一个朋友在贾平凹家里聊天，聊半截儿内急去卫生间，贾嘱咐：尿完别冲啊，我也要去，省点水。真实与否未考证，估计是编派他的段子。

又有一次，和两个朋友去贾平凹在西安的家拜访。他家柜子多，大多顶天立地，里边的内容，半是世界各地奇石，半是各式各样的陶罐字画拓片佛像，都是多年苦心搜集所得。明明都是好东西，贾却总自谦：不值啥钱么！说那话的神态，像个老财主，生怕人家盯上他碗里的肉。

东西太多，看不过来，请主人讲讲。贾得意地笑笑，说要拿根棍儿比划着说。顺手抄起一物握在手中。我定睛观瞧，一柄青铜剑，铸造年代应在秦汉。

贾平凹好像立志要收陶器，屋里大大小小、高高低低、胖胖瘦瘦的陶罐。爱屋及乌吧，连带收了不少汉唐或者更早的下水管子（也是陶土所做，大多是残段）。正想问他，为何如此青睐陶罐，忽然看见在那房中可算"陶罐王"的一个巨罐，上边有些整齐的墨迹，就凑过去辨识。不想辨识完，问题也没了，因为已经有了答案。罐子是古物，上边的墨迹却是今人贾平凹自留，百余字，一篇精彩的小品文。开篇即作惊人语：罐者，观也。得大罐者有大观，有大观者得大罐。大意如此。

说到贾平凹的字，很好也很有名，能卖钱，价还不低。我们都想求一幅作纪念，但书案旁贴了张字纸，说靠卖字画补贴家用，实属不易，来人若要，请按定额付润例，丈二若干，中堂若干，云云。话说得明确，不好造次，只好避而不谈索字事。

不成想，同来的朋友之一是贾的挚友，看出我们的心思，精心设计了一道贾平凹，最终让我们如了愿。挚友也随我们一道看罐子，但不像我们只看只叹，她的话故意的多，每当贾说到得意之物，她就多一句：这么好啊！那你得送我吧！你早说过让我挑一件的呀！一次两次这么说贾还不当回事，次数一多明显紧张起来，话少了，得意之情更是飞散九霄云外，不时眼珠滴溜转，露出些紧张与狡黠。

屡遭吓唬之后，挚友突然爽快地说：算了，我也不要你的宝贝了，作为交换条件，给我们几人各写幅字吧。贾平凹听此如逢大赦，满口应诺。铺开大纸，逐一写了交到各人手中。写完了，喝口茶歇歇定定神儿，突然眼珠转了转，回过味儿来，不甘心地嘟囔一句：少挣了几万块钱咧！

那一天，贾平凹的书桌上，摊着他正在写的新长篇《怀念狼》。书桌上方的墙上，有块匾，上有贾自题的书斋名"大堂"。我当时心想，"大堂"这名称，还真有点狼味儿。

晓　剑

晓剑是当年的知青，七十年代开始发表文学作品，多写通俗小说，得过很多文学奖。还写影视剧本，电影《我们的田野》即由他编剧。他是紧跟时代的那种人，海南刚刚建省，就放弃北京的所有，去弄改革开放的时代之潮。八十年代，罪女、侠警这些元素最流行，他自然不会放过，在作家社出的长篇小说《罪女侠警》即是尝试之一。后来他又带来两本新书稿：《中国知青秘闻录》《中国知青在海外》。从书名即可看出，知青＋秘闻，正是典型的通俗小说路数。

我那时连续看了几本西德尼·谢尔顿的小说，越看越有感触，觉得中国写小说的多瞧不起通俗小说，我偏在这方面尝试一下。看到晓剑小说，心想他正壮年，一能写，二会写，有希望。就这样，两年时间内，连续编发了晓剑的四本书。

有个插曲。后两本《海南风流》《海南教父》出版后，有天电影导演胡玫打电话到办公室，要买这两本书的影视改编权。晓剑在海南，委托我代为洽商。

胡玫是北京电影学院导演系七八班的才女，当年一部《女儿楼》电影好评如潮。后来去了国外，九十年代初回国，和演员朱时茂合作成立影视公司，名头起得很大，叫"泛太平洋"。我去这公司见的胡玫，在万寿路一个大院里。北京人都知道，那院子住的全是大领导，不知他们什么途径找到那么好的地方。

洽商过程非常痛快，胡玫一看就是极爽快又极聪明的人，痛痛快快签了合同。后来不知何故，一直没见他们公司拍这戏。后来，泛太平洋似乎解散了。又过了没几年，胡玫拍了长篇连续剧《雍正王朝》，我天天追着看。

田中禾　黄有光

1993 年我编发了十一种书，其中有田中禾的小说集《月亮走，我也走》和黄有光的《千古奇情记》。

还是亚运会开完没多久，作家社决定开个笔会，组组长篇小说书稿。那时亚运村是很时髦的去处，像眼下的鸟巢、水立方，很多人想参观。我们索性将笔会地点定在北京，邀请黎汝清、王安忆、扎西达娃等十几位实力派作家，住在亚运村的汇园公寓，吃好喝好，增进友谊。田中禾那次也大驾光临。

编辑部同仁平时聊天说起河南作家，不约而同都很欣赏田中禾，觉得他的作品大气厚重，可惜之前多写中短篇，很希望他早日出版长篇力作。那次笔会上，田中禾说他确实在筹划写长篇，我就盯上了。

为这部书稿，一直和田中禾保持书信往来，变着法儿地催他写。直至1993年，他的长篇仍未完成。我表示理解，他当时是河南省作协的负责人，杂务缠身，而他那种写作风格，想靠零打碎敲地鼓捣出来不大可能。为进一步给他施加压力，社里决定先给他出本小说集，便有了这本《月亮走，我也走》。这种往来方式在那个年代很有代表性，当时作者与编辑之间关系，主流即如此：兢兢业业、精益求精，又不乏人情味的相互关照，目的只有一个：出好作品。

田中禾的长篇到了儿也没有交来，不过他后来做的一件事，令我至今对他心存感激。

1994年父亲去世，我一直恍恍惚惚，工作完全不在状态。有天接到田中禾的信，邀我参加将在郑州举办的他的作品研讨会。信中说：来散散心吧。当即一股暖流流遍心田。

我去了郑州，田中禾亲自到车站来接，还专门带着他的宝贝女儿小雪，命她负责全程陪同。小雪姑娘人长得美，性格好，爱聊天，又懂事，那几天，我有点像从外太空重新回到了人世间。

黄有光赫赫有名，不过不是在文学界。他祖籍潮州，1943年生于马来西亚，国籍澳大利亚。他是澳大利亚社会科学院院士，世界知名经济学家，著作等身。他与杨小凯教授共同创立了新兴古典经济学派，中心思想是"快乐是人类经济行为的终极目标"。黄有光本人也确实是个快乐生活的人。

有天正要下班，电话铃响，接起来是一个操着浓重潮汕口音的中年男人，说自己叫黄有光，要投稿。编辑部天天都接到这样的电话，当时没在意，只请他把稿件寄来。

隔了两天，黄又打电话来，话虽不多，但句句要害。我得到的信息如下：他的身份；北大邀请他来讲课，所以要在北京逗留三四个月；他因长年在世界多国讲学，经常在飞机上度过漫长的飞行时间，为解闷儿，写了这本武侠小说。

我的好奇心被大大调动，约他见面。

见面之后很失望，干瘦瘦小的老头儿，高度近视眼镜，镜片后的眼神却异常锐利，会突然爆发奇怪的笑声，刺耳而诡异。说实话，我当时有点不知所措，加上他的汉语潮州味儿太浓重，不时还需用英语重说一遍，沟通有碍，匆匆告别。临走前，他把小说稿《千古奇情记》交给我，还送了两本国内新翻译出版的他的经济学著作。

当天夜里就读完了书稿，一是因为不长，只十来万字，并非像之前读到的武侠，动辄上中下三大卷；二是因为，写得吸引人，沾上就放不下。一边看一边觉得，这小说也是从头到尾弥漫着一股诡异的气氛，和作者那笑声严丝合缝。

黄有光是我迄今所有作者中唯一一之前完全不认识，仅靠投稿最后得以出版著作的作者。

王安忆

亚运村那次笔会上，我与王安忆初次相见，之后一直主动联系，请她赐稿。我的建议是新写一部长篇，由它带动，出一套六卷本的《王安忆自选集》。

王安忆说有两个故事想写，一是一个白净秀气的书生的故事；二是一个女人一生的故事，缘起于她在《新民晚报》上读到的一则几行字的小消息，说上海解放前夕一次选美大赛的第三名，八十年代某天在沪上寓所被杀。

我听了忙不迭道：第二个！当然第二个！小生戏哪有旦角戏好看！她当时听了只是乐，未做决定。

一天下午王安忆突然来到出版社，她说长篇已动手，如我所愿，写的正是"上海小姐"的故事，可以签合同了。我这才知道，她早离开上海，一直躲在北京潜心写长篇。这一天，是1993年5月21日。

几天之后我去王安忆的临时居所签合同。合同文本的稿酬一栏空着，我征询她意见。她非常爽快地说：我们这些人，比上不足比下有余，正常标准就行。

当时版税制尚未流行，绝大多数出版社还以千字多少元的方式向作者付酬，作家社也如此。最终王安忆签了字的合同上，稿酬标准是千字三十元。

《长恨歌》1995年写完，当年10月出单行本。发行三万册后，又并入自选集，重新设计封面。自选集发行了三万套，之后《长恨歌》又恢复单行本封面，单独发行，截至合同到期的2004年，共发行几十万册。

心里一直觉得对王安忆有愧，以至今日写至此处，一股不安还直往脑门蹿——付给她的稿酬太少了。

《王安忆自选集》合同签订得太早，书出来时，出版行业已普遍实行版税制，同样是1995年出版的《莫言文集》，因为合同签得晚，便按版税制结算稿酬。我曾向社领导打报告，申请修改合同，多付稿酬。社领导表示支持，但财务部门坚持认为，既然有合同，就该按合同办。争取多日，最后与财务达成妥协，《长恨歌》按千字一百五十元付酬，其他五卷按千字五十元付酬。我当时暗自算了一笔账，按照修改后的付酬标准，折合成版税，只相当于不到百分之三。

王安忆倒是什么都没说。1999 年，《长恨歌》荣获中国当代文学最高奖茅盾文学奖，我借着单行本重换封面之由，报请社领导，在当年 7 月 18 日与王安忆重新签订一份版税制的出版合同，因为仍在当初合同的有效期内，所以版税标准只争取到百分之八。这是一个记忆精确的日子，因为就在那天，我三十一岁了。

《长恨歌》写完，王安忆大病一场。很长时间接不到她的来信。往她家里打电话，铃响半天无人接。

此前我有一次整理办公桌上堆积如山的信件，把王安忆的信收在一起，从头看了一遍，发现一个特点。她写信，字并不算很漂亮，但清秀中隐藏着一股坚定，简洁的字句一向清楚整齐，极少改动。可有一封信例外，字迹潦草，多处划划改改。后来得知，写那封信时她正生病。有这经验，便一直心中忐忑地等她的信。

终于有一天来信了，拆开一看，字迹果然潦草，改改划划的，信的末尾说："现在，上海正逢雨季，雨蒙蒙，人的心情就更压抑了，这是一个困难的时期。"放下薄薄一页信笺，一阵揪心。

王安忆写作，习惯在篇末注明写作日期，通常格式是"××年××月××日初稿，××年××月××日二稿"。如果把她所有作品按时间顺序排列一遍，你会发现，她的休息时间太少了。

王安忆平时说话语速极快，轻易插不上嘴，除非她的话暂告一个段落。等你再开口说句什么，一下又会引发她的思绪，她便又开口了，你就又得等着。我曾想过，之所以如此，上海人说话本来快是原因之一，更重要的原因在于她思维极其活跃，大脑高速运转，丰富繁密，又来去跳跃，很容易导致语句跟不上，所以越说越快。

这一特点在她写作中也有反映，段落都很长，排成大三十二开的书，有时翻好几页，才新起一段落。对此有人不以为然，比如上海有个叫陈村的就曾不无刻薄地说，王安忆作品太过细碎，"穿一条棉毛裤可以描写两千字"。我倒觉得，王安忆是面子细碎，里子大气，反而是那些面子上天天装大气的，里子碎不堪言，讨人嫌。

那场大病过后，王安忆的创作又上了更高台阶，在我看来，进入世界顶尖作家行列。中国现当代的作家好像有个通病，大部分人第一部成名作，也便是代表作，也便是他创作最高峰，能不断上台阶的少而又少，王安忆是宝贵的一个。

2003年我离开作家出版社，到上海工作。说来也巧，我在上海的合作者是一个书商，《长恨歌》在作家社版权到期后，又转到这个书商名下。很多人不明所以，以为是我带去的选题，其实不然，这样的好事，不能掠人之美。

我在上海工作了一年半，租住的房子离王安忆家很近，每到周末，常想去拜访，却一次没有去。原因是我听到一个说法，说有人对王安忆说，杨葵吸毒。王安忆为此再不想与我有任何来往。

造谣者不知是何居心，这谣言其实澄清起来很容易，有像我这样长得这么胖的吸毒分子吗？但我在上海那两年，正经历一场人生观、世界观的巨变，日日夜夜内心天人交战，实在无暇，也没兴趣为谣言诽谤浪费哪怕一秒钟时间，所以随它去。

一天深夜我前思后想，最后得出结论：王安忆是我最为尊重的人，《长恨歌》是我最喜欢的中国当代长篇小说——是最，不是之一，我为自己能编辑出版《长恨歌》而骄傲，这已足够，见不见不重要。思及此处，安然睡去。

直至现在，与王安忆再未相逢。一切随缘，相信总有一天。

戴锦华　夏晓虹　王绯　孙郁　孟晖　解玺璋

1995 年是我单年编辑图书品种最多的一年，出了二十八种书。现在回过头翻看那年的日记，天天都在编稿、校对、核红、下厂……累惨了。听说现在有些编辑，年年编辑图书不下五十种，我以那年的亲身经历，有理由怀疑其质量。

二十八种书里，包括一套十卷本的"莱曼女性文化书系"，其中包括戴锦华的《镜城突围》、夏晓虹的《晚清文人妇女观》、孟晖的《中原女子服饰史稿》、解玺璋的《中国妇女向后转》。书系由王绯、孙郁二位主编，我和同事王炘联合编辑。

王绯当时在中国社科院文学所工作，孙郁现在是鲁迅博物馆馆长，当时是《北京日报》副刊部负责人。他们有感于当时社会上女性主义呼声极高，动手策划了这套书系。都是理论著作，市场不太看好，他们俩就主动为我们分忧解难，联系到一个专做服装出口生意的老板，申请来一些赞助款。那老板的出口服装品牌叫莱曼，便以之为这套书系命名。

戴锦华原来是北京电影学院教授，后来又调到北大。她的文章特别有气势，人如其文，一见也是爽快至极。曾经，我的朋友任晓雯读完复旦大学传媒学硕士，想考戴锦华的博士，我主动牵线，一个大风天带着晓雯去找戴老师。她爽朗地笑，爽朗地为晓雯指点迷津，还请我们两在学校餐厅吃了顿饭。

后来戴老师跟我说，晓雯那年考得其实很好，本来无虞，可惜北大那年突然缩小招生范围，她只能带一个博士，当然优先考虑北大自己的学生。如果再招第二个，必是晓雯无疑。

塞翁失马焉知非福，晓雯没有读成博士，也没耽误，现在是上海文坛一颗闪亮新星，不时有小说出版，也差点成为我的作者。

夏晓虹与其夫君陈平原都是北大教授，都是我敬佩的学者。曾去过她家，家里整洁干净，书香满屋，两个学究身处其间，夫唱妇随，像是世外桃源的生活。

解玺璋当时是《北京晚报》副刊部负责人，后来调同心出版社主管全社工作，成了我地道的同行。我们从合作他这本书开始，结下友谊，君子之交的那种，差不多一年见一次，每次见了心生欢喜。

孟晖是评论家李陀的女儿，当时在艺术博物馆工作。我和她姐姐娜斯很早认识，孟晖却是因为她这本书头次打交道。孟晖当时非常年轻，二十多岁，但学者风范已初露端倪，聊闲天时傻乎乎的，套用毛尖评论孙甘露的一个话就是：像个不及物动词。一旦说起学术问题，马上精神抖擞，像换了个人。

关于孟晖这本书，有个小插曲。我对书系的两位主编建议：一套书里其他书名都较文艺，唯独孟晖这本太学术气，可以换个生动点的，"红袖牵风"？意见大概很快转达到孟晖那里，有天她跑来办公室，跟我认真地解释，她和她父亲都觉得，我们想改的那名字太浮华，太商业化了，恕难从命。

孟晖在这本书之后，又在作家社出版了长篇小说《盂兰变》，再往后，告别虚构创作，专心做起学问。有天我在书店看到她新出版的专著《花间十六声》，第一个念头是：回头讨一本看。可站在书店翻看了半个小时后，迫不及待买回家，当夜读完。

阿　城

编了二十年文学书，要说花费心血最大、个人也最敬佩的作家，一是王安忆，二是阿城。我共编发过阿城的五本书：《闲话闲说》《威尼斯日记》《棋王》《遍地风流》《常识与通识》。《棋王》是作家社的"文学新星丛书"第一本,早在 1984 年即已出版。《闲话闲说》和《威尼斯日记》台湾先出,我在大陆首出。另外两本,是在大陆首出。

新《棋王》与"新星文学丛书"版稍有不同,一是篇目略有改动,二是我跑到《人民文学》杂志社,讨来当年《孩子王》的手稿,据手稿重新更正排印。为此阿城在此书序言里说:"此次重新出版旧作,新在恢复了《孩子王》在《人民文学》发表时被删去的部分,这多亏杨葵先生要到手抄件,不过《树王》的手抄件已被《中国作家》清理掉了。"

上中学时就读阿城小说,当时的读后感,有点像阿城说他最早在《收获》杂志读到张爱玲,以为出自上海哪个里弄,感叹潜藏的高人真多一样,当即折服。后来有友人带来台湾出版的《闲话闲说》和《威尼斯日记》,心里痒痒,可是多方联系,找不到阿城。他太闲云野鹤了,逮不到行踪。

有缘千里来相会,1997 年春天的一个傍晚,我到上海出差,去王安忆家拜访,碰到正在她家喝茶聊天的阿城,可想而知当时的激动。

当时正聊出书话题,我不失时机地问阿城,能不能把你的《威尼斯日记》和《闲话闲说》交给我出版？阿城当时思绪好像不在这儿，吧嗒一下烟斗，喷出一口浓烟，眯缝一下眼睛，沉着嗓音顺着自己的思路说，在美国，年轻一辈作家写了东西，自己印十几本，放在小书店零卖。卖得好，出版商闻着味儿，就来谈判了。

说到这儿停住了，因为烟斗又灭了。他重新点燃烟斗，接着说，反正现在科技手段把出书这档子事变得再简单不过，他们自己做的那些书，漂亮着呢。

言者无心，听者有意，我问他：有多漂亮？

阿城顺手抄过身旁桌子上的一本书，侧着拿，书脊面对自己，一只眼眯着，另一只眼看书脊，说，至少人家书脊笔直啊。

王安忆从他手中接过书看了一眼，笑着说，这书脊实在也太歪了点儿，杨葵不至于做成这样子。我一听，借着话头趁热打铁：把你那两本书交给我出，书脊会像利刃削过。

这回阿城听得真切，他看看王安忆，又看看我，说，行吧。

简单的两个字，在我心底却是翻江倒海，既兴奋，又紧张。兴奋的是，一个长久的愿望要变为现实；紧张的是，"书脊笔直"

这样的话，看似随便一说，但我明白，这是阿城惯有的幽默，暗含着要求，书必须做得漂亮。

花了十几天时间，仔细读阿城的文字，不光读这两本新的散文集，还将他早先的名篇《棋王》《遍地风流》找来参照。读来读去，案头工作完成了，同时在心底读出了阿城的内容：智慧中有狡猾，述而不作的遗风中有摄人心魄的真知灼见，冷漠的沉静中有孩童般的天真烂漫……所有这一切，反映到做书漂亮问题上，可用一句话来概括：朴拙中不乏精致，或者反过来说成精致中不乏朴拙也行。

于是选择了最普通的长三十二开开本，于是版式做成了最普通的天地疏阔，于是标题选择了最简单的宋体字……在这一系列的朴拙之后，再糅入精致，比如正文纸张，专门请出版部从瑞典进口了一种纸；比如为了《闲话闲说》中压题的小图标，前后遍试上千种图案，最终在一本《汉代画像砖图录》上找到最合适的一个。

书出后，在当时那种装帧条件下，算是不错。还记得南京的叶兆言收到书后来信说："我喜欢阿城的东西，也喜欢装潢漂亮的设计，此书真是珠联璧合。"

打越洋电话问阿城，书做得怎么样，他只说了两个字：挺好。

海 岩

认识海岩，是作家刘心武介绍，大约在1997年底。当时海岩已出版两本长篇小说，曾经名噪一时的《便衣警察》和没有引发大动静的《一场风花雪月的事》。刘心武建议我重出后者。

刘心武约我到昆仑饭店与海岩见面，聊聊这事。我孤陋寡闻，见面之前只知海岩是个作家，被大家公认为"中国公安四大才子"之首，《中国公安文学史》中，只有他一人是作为单列章节论述的。可那天接过海岩的名片，吓了一大跳，原来他还是一个集团企业的卓越领导者。作为作家的海岩，只有夜晚才显形，白天他是"侣总"，有一大串的头衔：锦江集团副总裁、中国国有资产青年总裁协会副会长、中国旅游饭店业协会会长、昆仑饭店董事长、港澳中心酒店管委会主任，等等。

初次见面，海岩传达了两条信息：一、《一场风花雪月的事》同名电视剧由赵宝刚拍摄完成，不日将播。二、他正在写新小说《永不瞑目》，同名电视剧仍由赵宝刚执导。那时完全没意识到，一对影响中国电视荧屏多少年的组合正在发芽。

我眼中的海岩，和善，令人敬重。行为举止低调而果敢，穿着朴素而讲究，言谈幽默风趣，随时可以感受到他的才华。他曾领我参观他在昆仑饭店的种种设计，比如某个电梯厅的地面设计，某个餐厅的整体设计，无不奇思妙想，又浑然天成。

海岩对自己的作品出版很上心，我在编辑过程中，有问题请教，他必耐心解答。还应我要求，要来《一场风花雪月的事》女主角徐静蕾的几十幅大照片。当时只是想把封面做得和电视剧播出相呼应，以此显得是新版本，并无借明星吆喝之意。当时徐静蕾也确实只是一个初出茅庐的女学生，不像今天这样红。

从《一场风花雪月的事》开始，海岩在长达近十年的时间内，一直与作家社合作，后来一部接一部红遍大江南北的小说，都交给作家社出版，我作为这场合作的促成者很荣幸。

《永不瞑目》出版后，因为内容涉及戒毒，相关部门安排了一次向北京太阳宫戒毒所捐书的活动。海岩临时有急事去不了，匆匆给了我一份亲笔写的致辞，要我代他念。这页纸我保存至今。

海岩的书稿，都是打印得非常整齐，还会专门做个特种纸的封面，才送到出版社。从这一细节上，可看出海岩的洁癖。

海岩是个仗义人，我过后曾为一些琐事麻烦他，每次都迅速解决。每年过中秋节，都会收到他派人送的月饼，从未断过。

有年冬天，我和另一位作者景宜在一间设计工作室做封面，晚上八点多了才想起没吃饭，于是下楼找了家小饭馆，我请作者和设计师吃饭。小饭馆里灯光昏暗，客人寥寥，只角落一桌两个人影正谈事的样子。我们几个随便找了一桌坐下，边吃边山南海北畅聊。

酒足饭饱，叫老板结账。老板说，有人帮结过了。我纳闷地看向饭馆内除我们之外唯一的一桌客人，这才发现，原来是海岩，他正微笑着冲我挥手。

石　康

1998年底，我编发了石康的长篇小说处女作《晃晃悠悠》。此前石康只公开发表过一篇一万多字的短篇小说，也是我推荐给当时黑龙江一本杂志的。《晃晃悠悠》在我这里并未大卖特卖，后来"转嫁"到另一家出版社，红到紫。

生活中，石康是我的"锅底"朋友。"锅底"的意思是，像火锅锅底一样，怎么涮都缺不了的那几样东西。我们三天一小聚，五天一大聚，形同眼下流行的新词：闺蜜。

石康看重哥们儿义气，蹿红之后，每有新作完成都先问我愿不愿出。我呢，无论喜欢与否都会建议：那家出版社把你捧红，是你的贵人，不能亏待人家，还是交给他们吧。所以他后来的几部小说，我都没有染指。直至 2001 年底，他又新写了一本《激情与迷茫》，亦即后来令他二度蹿红的电视剧《奋斗》的最初雏形，他坚持交我编辑出版，这才编了他第二本书。

大约是 2002 年，有关管理部门在审读全国图书市场出版物时，觉得石康小说灰色颓废，于是彻底清查。我又被摁住写了好几稿关于石康作品在作家社出版的情况"汇报"。好在此事没过多久不了了之。

石康与其同龄人相比，阅读量很大，读得很勤奋，尤其偏爱深奥、费脑筋的大部头书籍，比如哲学专著、数学史，还有各种三部曲。日常生活当中，石康还是个喜欢周密计划、讲求效率的人，比如做饭，他会把炖汤、洗菜、炒菜、拌凉菜几样事情的前后顺序计划得滴水不漏，一秒钟都不在厨房多耽搁。并非不喜欢厨房，他是觉得，如果衔接不紧，就是浪费时间。尽管省下来的时间也是和朋友闲扯淡。

偏爱大部头、计划性强，这两个特征也反映在石康的创作上，就是喜欢三部曲写作。《晃晃悠悠》是"青春三部曲"的第一部，后来他又写了"爱情三部曲"。

孟京辉

1999 年秋天一个傍晚，老友孟京辉、廖一梅两口子约我去上岛咖啡闲聊，这俩挟新剧《恋爱的犀牛》大获成功之余威，提出想编本书，总结十年来的先锋戏剧。我当时心想，新婚燕尔的人，不去憧憬美好新生活，倒要怀旧。但说出口的却是，编一本《先锋戏剧档案》吧。

前四个字来自他们贤伉俪，"档案"二字归我。我那阵儿正有股档案情结，老想编"文革"档案，可这题材显然不合时宜，无法落实，于是落下病根儿，因此"档案"二字才会脱口而出。不过说实话，当时真没指着先锋戏剧能圆我的档案梦。

隔些日子，孟京辉抱来一大包各式各样的纸片儿，说：开干吧。粗略翻检一下那堆破纸，我顿时来了劲。剧本草稿、演出说明书、剧场入场券、灯光设计草图、主创人员闲时画的小漫画儿、上交学校领导的检查、同一出戏不同场次的剧照、当年的穷学生费尽心机做的宣传计划书……地道的"档案"。

也真难为了孟京辉，为了这些极尽杂乱之能事的纸片儿，据说把自家翻成废纸回收站不说，还四处求借一些个人收藏。我想象了一下，那情景可能有点像个走乡串村的文物贩子：哎，你家有旧桌椅卖吗？哎，《我爱×××》的入场券还留着吗？

如果把那堆纸片都放进这份档案，这书得有《辞海》那么厚，显然不行。想想我们每个人的档案吧，都是千挑万选的结果，大学毕业成绩可能有，小学的成绩单断然不得混入。档案是件严肃事，不能什么都往里装，所以下边的工作是筛选。

筛选过程有点像体育比赛的淘汰赛，预赛、八分之一、四分之一、半决赛。办公桌上的摊子越来越少，直至剩下最后一大摊，那是最终的冠军——团体的，就是现在书中所有内容。

内容已定，形式粉墨登场。我找了当时图书装帧行业当红名家蒋艳主持设计。设计的原则经我们讨论，归纳为三个字：新、奇、特。于是封面真成了个档案袋，上边还有个大红的专用章；于是封面不光是封面，还要封到封底去；于是目录不叫目录叫个"也算目录"，还带"装订线"；于是《风雨保尔·柯察金》剧本中凭空衬了些五角星……无数暗藏的小噱头。

"新奇特"说得通俗点就是好玩儿，说大话就是信息大爆炸。我们要让注水书成为往事（我做阿城的书时，将书的天地留宽阔了些，落下专做注水书的恶名），我们要让每一页都顶天立地，我们要让字里行间读来读去能读出个"值"字。

"好玩儿"说起来轻松，背后是无数的辛酸往事不堪回首。

记得第一稿设计出来后，孟京辉、蒋艳和我三人来回打电话，互约第二天扎堆儿在电脑上看效果。我问孟京辉：几点合适？电话那头，孟京辉果断地说：早九点如何？我咬着后槽牙说好。通知蒋艳，她那头也是毅然决然的一声好。

第二天九点，三人准时戳在蒋艳的电脑前，看来看去，都不太说话，偶尔说一句，语速一律很慢，各自都觉得另外那俩人怎么木呆呆的。直到三人不断同时张大嘴打哈欠，孟京辉才壮着胆子但仍很谨慎地说：是不是都起得早了点儿？

三人互相看看，辛酸地笑了。原来都是属夜猫子的，又都想凑别人的时间，尽早开始工作，互相客气来着。

2000 年的第一天，我拿到《先锋戏剧档案》的样书。一个月后，我去三里屯一家酒吧会朋友，正赶上一拨时髦青年在聚会，七八张小方桌拼在一起，小二十人吧，人手一本《先锋戏剧档案》，摩挲着，鸡一嘴鸭一嘴地议论纷纷，看得我心里乐开了花。

张浅潜

曾有一段时间，我对图书的形式感着迷，编稿之外，常和美编及印务科同事切磋，探索形式上的创新。

我这一代编辑，赶上图文书在中国由兴起，到迅速臭大街，再到衰落的全过程，这一浪潮中，我编发了一本《迷人的迷》，全力探索印制新花样，用不同的双色搭配印了不同七八个印张。书印好后我拿去印务科，一位从事印务工作几十年的老同志乍看一眼，以为是六色印制。

我一直认定，所谓好书，就是内容与形式完美统一的书。并非所有书都适合拿来探索印制问题，张浅潜的作品合适。

浅潜是个摇滚歌手，有不少铁杆歌迷。她身上有一股艺术家特有的神经质，喜欢写些文字，说虚构又写实，说写实又虚构，有魔力。她还画画，我去她家，凌乱不堪，坐的地方都难找，勉强在堆满书刊、衣物及杂物的沙发上刨开一块地方坐下，她顺手扯过床上的枕头问：你看我这画得怎么样？枕套上，她用圆珠笔画了好几个怪模怪样的小天使。

《迷人的迷》出版后不久，浅潜罹患抑郁症。那阵子她的神经质更厉害了，有天我在办公室正瞎忙，同事来告我，有个小姑娘在楼道里都站了快俩小时了，神叨叨的，问了才知道是找你的。我冲出去看，浅潜蹲在楼道里正发呆。

饱受抑郁症煎熬的浅潜那段日子一定非常艰难，但她还是坚强勇敢地面对自己的歌迷。就在那段时间，有天她在 CD 酒吧开演唱会，我在二楼坐着，看着她在台上近似呐喊地歌唱，心中不禁焦虑万分。

后来世事纷杂，浅潜好像从北京消失了，极少再听到她的消息。每遇到与她相识之人我都会打听：浅潜怎么样了？都摇头说不清楚。

今年中秋，去一个朋友开的西班牙菜馆吃饭，正吃着发现一个熟悉的身影，正是浅潜。气色好了很多，面部表情也平静了很多。我们俩各自都很兴奋，但是对面站着，千言万语，又一时都不知从何说起，只是笑，笑完还是笑，像两个傻子。

安妮宝贝

浅潜那次在 CD 酒吧的演唱会，我还约了另一个作者安妮宝贝同往。

我在作家社编发过安妮宝贝的散文集《蔷薇岛屿》。2004 年我在上海工作的那一年，又编发了她的长篇小说《二三事》。

我们曾经合作默契，来往频繁。然而，从《二三事》出版后不久开始，我们再未见面。是我有点不太友好地主动放弃了联系，这里头的细节，大概安妮宝贝至今还蒙在鼓里。

后来想想自己当时小心眼里那些弯弯绕，羞愧得直想找地缝钻。也曾想过，该主动找她聊聊当年自己的可笑心理，一直也没去做。

那是《二三事》上市后，我在上海，她在北京，我们通过 MSN 商讨媒体宣传方案，我说我的设计，她讲她的建议。现在已经忘了，到底是话赶话说到了什么，我提了个想法，她在屏幕那头沉默片刻，然后一行字跃上荧屏：杨葵，你还是不喜欢我写的东西啊。

这话让我愣了半晌，然后中止了这场对话，从此自觉地与她
疏远。

我和安妮宝贝一样，是个巨蟹座，据说这一星座的人特别敏
感，情感内向，容易受伤害。当时的我，觉得她那句话很
伤人。

在所有编过的书里，《二三事》是最不顺的一本。那时我刚从作
家社辞职，到上海参与组建一个民营出版物发行集团。那集团
由几个书商牵头做，管理较混乱。我在集团筹备组中，分管新
书出版事宜，安妮宝贝是我的老作者，听说她在写《二三事》，
当即在上海、北京间飞了几个来回，力邀合作。

编辑业务当然没有问题，但在出版问题上，比如正文用什么
纸、找哪家印厂、什么装帧形式等，与集团负责人产生巨大分
歧，吵了多场架。又为能够继续推进，喝了多顿酒，委曲求
全。具体说，无非一个钱字。集团负责人书商起家，对盈利过
分看重，书的品相如何，在他那里基本属于得过且过状态。作
为他来讲，这些态度本不足为奇，偏偏我对书的品相又过分看
重，因此矛盾重重。

这些委屈从未和安妮宝贝讲过，因为我想这是自己该解决的问题。但最终得到那样一句评价，我自然就联想到：也许在安妮宝贝那里，我和这位书商是一样的，在我们眼里，她只是一个赚钱的机器，喜不喜欢她的作品完全不重要。这个，我无法接受。

安妮宝贝前期作品我看得少，至少从《蔷薇岛屿》开始，我很喜欢她的作品，很敬重她的为人。我跟周围很多人讲过，安妮宝贝将来能成大器，论据两条：一、她有当下社会最最难得的独立精神，耐得住寂寞，一向独来独往，不参加任何圈子、团体；二、正像前文中所讲，中国现当代作家能在创作上不断上台阶的少而又少，安妮宝贝是一个，一步一个扎扎实实的脚印。这个话放在当年讲说服力还不强，只是一个预判，搁今天说，历数她从《八月未央》《彼岸花》《蔷薇岛屿》《二三事》《莲花》《素年锦时》一路而来的历程，无论文字上，还是人生观、思想境界上，只要是一个字一个字认真读过的人，都会承认她迈台阶的步伐之大。

可是她说我不喜欢她的作品，更何况，是说《二三事》，当即勾起我巨大的怨怒。我不仅喜欢这本小说，而且书里很多情节，我都清楚生活原型出自何处，因为她在经历那些时，我在场，所以再看这小说，别有一种分享私密的亲切。

人之五毒，贪、嗔、痴、慢、疑。当时的我还不懂这些，分分秒秒在毒水中浸泡而不自觉，分分秒秒错把自心的一些浮云当作实有，一个作者无意中讲的一句可能是半开玩笑的话，到我这里，因为自身的原因，勾起嗔怨心大发，直接导致我失去了一个好作者，一个好朋友。

也就是那段时间，我在开始人生新一轮的学习，经常学得一头汗，深为自己过往的所作所为羞愧不已，其中就包括这件小事。

有年冬天，我陪安妮宝贝去昆明、玉溪等地签售《蔷薇岛屿》。云南新知书店的老板李勇盛情邀请我们到他在滇中一座山里新修的别墅玩，还在那里住了一晚。那一路旅行，是我那些年无数慌慌张张、忙忙乱乱中几天舒心的日子，至今仍在怀念。一路上，安妮宝贝的电话不时响，我从她接电话的神态猜出，她恋爱了。

住在山中别墅的那个夜晚，偌大的山里，除了别墅两个服务人员，只有我们两个人，安静极了，窗外的风声中，我仿佛一直听到她情意绵绵讲电话的声音，若隐若现。第二天问她，她羞涩地笑，神秘地只说打光了整块电池。

离开昆明时，我们去花卉市场，想带些花回北京。我们的喜好完全一样，各自买了一箱百合和一大捧紫色的薰衣草。到了北京机场，她又突然提出，把她的百合花都送我，但我需要把那一大捧薰衣草送给她。我当时想到，那些极低调、皮实，但又异数般美丽、生命力极旺盛的薰衣草，和她这人挺相合。

上了车，我让司机先送她。安妮宝贝说：我先不回家，要先去另一个地方。说完诡诡地笑。我明白，这趟旅程可能帮她做了个决定，一场恋情的大幕正在缓缓拉开。

到了她指定的目的地，只是一个街边的公共汽车站，她下车，我们继续走。车开出老远，我回头透过后车窗，见昏黄的路灯下，一个衣着朴素的女人抱着满怀的薰衣草，在等待她的爱人，那情景很美。

我和她的生日都在7月份，前后相差整整一星期，她先我后。原来每到7月，我们会互赠礼物。有一年的生日礼物，是她从东南亚带回的一块蓝布，我至今搁在书桌上做装饰；还有一年的礼物，是一只非常漂亮的骨瓷茶杯，我至今还在天天用。我们不再联系的日子里，每年她过生日，我仍会发个最简单的短信：生日快乐！她总是回复：你也快乐！

张立宪

我在上海一年半，自己动手编的书只有两本，安妮宝贝的《二三事》和张立宪的《记忆碎片》。

每隔一段时间，会出一位特殊的文化名人。文化人靠著作安身立命，这是常理不奇怪，这样的人也是大把抓；我说的名人却是另类，著作极少，却在文化圈声名远扬。比如老一辈的沈昌文，后继的甘阳，近两年是张立宪。

张立宪名下的个人著作，至今只有一册，即2004年初版的《记忆碎片——闪开，让我歌唱八十年代》。前不久，他把主题和副题倒了个个儿，在人民文学出版社又出版了《闪开，让我歌唱八十年代——记忆碎片》。新版本封面上信息颇多，主、副两个书名，还有"升级版""2.0"；除此之外，作者署名一栏，也有两个内容："张立宪""江湖人称老六"。这些信息，正是张立宪作为一个文化人的不同扮相，仿佛白骨精一时扮作老妇，一时又成老叟，忽而又变妙龄农家少女。

我与张立宪私交甚密，又做过他这本唯一个人著作1.0版的责任编辑，所以敢似上文这般调侃这位文化名人。与此同时，这篇长文预定要写的作者，也写到最后一个了，心头千斤重担即将卸掉，游戏心理大发，我要自比孙猴子，帮读者打他三棒。

第一棒：作为"见招拆招"的张立宪。

《记忆碎片》1.0 版，作者署名是"见招拆招"。这是张立宪在网络上的常用 ID。因其在网上的活跃程度，这名字的传播，可能比他本名更广更远。文化名人的起步，要从这个网名算起。

"见招拆招"常被熟人故意误写成"贱招"。既贱，且爱招呼饭局。他曾在著名网络社区西祠胡同开了个版，就叫"饭局通知"。网络是江湖，话锋常常真假参半，假作真时真亦假。正因此，众人才敢赤裸裸展示真心，原因是一旦需要，可以概不负责。所以"贱招拆招"的"贱"字，要当昵称去理解。

被人说贱的一大原因，是他好酒，啤酒，常温的。喝多了就到网上论坛抒情。其实往往没等回家上网，抒情已从酒桌上迫不及待地开始。我与之共进几次晚夜早餐连轴转，发现一个规律，但凡他开始用罗大佑口气说话，就算喝到位了。待到由他领唱，一桌文艺中年把罗大佑的歌唱他个 AB 面（文艺中年听罗大佑的时候，没有 CD，只有分成 AB 面的磁带）下来，就肯定是"高乐高"了。

论起来，网络江湖、酒后罗大佑，正是《记忆碎片》的两大要素。

《记忆碎片》带有明显的网络写作特征。不同于眼下若干网络写作高手看低网络、总想弃网络奔向纸质出版，"见招拆招"会故意夸大网络写作的某些特点，比如：散漫、随意；想起来就写，拎起来就说；但求亲切好看，不求逻辑严谨。

酒后罗大佑是一种情怀，"六八一代"的情怀。他们上个世纪六十年代出生，八十年代成长，如今人到中年，开始怀旧。其中三昧，只需想想几年前，北京若干文艺中青年包机奔赴上海，在罗大佑演唱会上成群结队吆五喝六，便可大致参透。

《记忆碎片》写的什么呢？关于校园的记忆碎片、关于电影的记忆碎片、关于读书的记忆碎片、关于足球的记忆碎片、关于写信的记忆碎片、关于买碟的记忆碎片、关于评书的记忆碎片、关于打架的记忆碎片、关于毛片的记忆碎片、关于电脑的记忆碎片、关于泡妞的记忆碎片、关于麻将的记忆碎片——这些题目，真的很贱很网络。

因此我说，作为"见招拆招"的张立宪，是个热衷怀旧，怀得有趣、有品的网络论坛精英。

第二棒：作为"老六"的张立宪。

张立宪在网络上游戏，很像梁山泊好汉闯江湖，凭着个人魅力和娴熟的武功（于网络而言，武功就是那些方块汉字），和一腔诚恳，结交无数过硬的朋友。这些朋友很少直呼张立宪大名，通常都叫"老六"。

"老六"一名为张立宪自己所起，原因是他迄今不长不短的四十年生涯，莫名其妙总与"六"狭路相逢，出生在六十年代，生日是六号，上学总被分配在第六班，在集体宿舍排行又是老六，买了房子，门牌号还是六……于是，老六。

老六是那种最适合当朋友的人，正直、义气、风趣、乐于助人，好喝酒，能喝酒，酒后还没有扰人的毛病，几乎一切做朋友应有的优点，全被他占齐。也因此，朋友遍天下，上至古董级老学者、老专家，下至十几岁的学生娃，无数人将老六引为知己。

朋友总有亲疏之分，老六的朋友中，骨干分子还是前文提到的"六八一代"。粗略回顾这代人的成长之路，大致如下："文革"前后出生，开始成为文学青年时，寻根文学兴起，一些重要作家出现，文艺创作有点走上正途的意思。这批人上大学时，赶上的是思想解放，以崔健为代表的摇滚乐兴起，各

99

种现代主义思潮涌入。当时有一套书，叫《外国现代派作品选》，一套八卷，风靡一时。八十年代末，昆德拉被引入……再接下来，这些人开始写点什么的时候，整个社会进入全面市场经济大改革。这一路下来，因为遭逢太多特殊历史拐点，"六八一代"在社会生活中特点鲜明，好似身上打了"检"字，好认。

《记忆碎片》抒发的，是老六个人的小情怀，也是"六八一代"的集体情怀，又因为事关八十年代，就很容易、很自然地衍发为整个社会的大情怀。《记忆碎片》很像"六八一代"的集体述说，由此，作为"老六"的张立宪，就像"六八一代"中一个宋江式的人物，他能抓住整整一代人的特点，以自己的文字为朋友们代言。

第三棒：作为"张立宪"的张立宪。

如果仅靠交游广阔，张立宪还不会成为文化新名人，《记忆碎片》也绝不会引发文化界大佬的甚高评价、那么多读者趋之若鹜。张立宪还有他作为"张立宪"的一面。

作为"张立宪"的张立宪，做事以专心致志著称。早年他在某国营出版社供职，组织出版了一批颇具新意的图书，包括大家熟悉的《大话西游宝典》《独立精神》等等，被当时的出版界认作业内少壮派的主要成员之一。

本来人生之路似乎一帆风顺，但是热衷思索人生、对内心有自省自觉的张立宪却从一片祥和之中看到危机。他自己曾经自创过一个词，形容那种潜在的危机——焦郁碌，意思是焦躁、郁闷、忙碌。他在国企那种日复一日越来越少创意的"坦途"上越是走得顺畅，就越觉得自己像"焦郁碌"。三十六岁本命年，正渡"中年"这条河的他，选择了放弃。

差不多就从《记忆碎片》1.0版诞生之后，他开始对自己的人生、事业做减法。减来减去，最终只剩下两件事:编辑出版《读库》，和各路豪杰畅饮欢聚。

《读库》因选题之精、之细、之别具一格，被当今读书界誉为头号阅读类MOOK。关于《读库》，处处有美誉，不必我多言了。

张立宪在新版《记忆碎片》后记里，曾微言大义地小结他这几年的人生之路：曾将写作当作一条自我救赎的路途，而真正完成拯救任务的，却是寻常日子的打磨。其实呢，我想对张立宪说，所谓寻常日子的打磨，恐怕也只是阶段性完成拯救任务。风物长宜放眼量，追踪无数先贤大德的人生，无不历经"正—反—合"的过程；做减法减到了寻常日子可喜，但意识中毕竟

还有个要去减的对象，因此前边的路还长，还有个"合"值得
期待。

其　他

预定要写的作者写完了，写的过程中，尘封多年的记忆之门开
启，蜘蛛网、土坷垃、都快沤成肥料的枯枝树叶一点点被清
走，很多被遗忘的细节一一浮现眼前，这种体会很奇妙。期待
将来能有机会，再接着写。

该写的作者还有很多，除了上边写到的，我按编发他们著作的
时间顺序，将他们的大名开列如下，为与他们曾经的合作愉快
向他们道谢：

方知今、古立高、樊祥达、卧龙生、权延赤、杨静、端木蕻
良、邓友梅、沙汀、储福金、杨鹏、唐达成、龙协涛、郑子
瑜、黄乔生、［韩］洪信子、刘纳、旭天歌、郝斌生、翟生祥、
严家炎、寒风、徐剑、沈嘉禄、航宇、沈乔生、李晶、李盈、
钱振刚、刘邦厚、［美］李黎、马舸、葛均义、刘卫华、张欣
武、林佩芬、严厉、钱家璜、吴泰昌、李振玉、田熹、庄东
贤、季仲、韩是、王曼、［意］安伯托·埃柯、布丁（苗炜）、

倪震、赵赵、刘春、陈彤、黄集伟、刘佑生、江键宁、邹继海、玛拉沁夫、胡廷武、王伏焱、夏季风、李浩、张学东、徐庄、刘建东、牛庆国、马俊华、桂苓、李丹、王学芯、张悦然、高敏、百步（景旭枫）。

2010 年元月

去扬州，读欧阳修

要去扬州，临行前照例站在书柜前，左顾右盼挑选适合旅途读的书。携书出行是习惯，其中又有些极个人化的习性，纸张要柔软，宜摊开，体积也不宜太厚；去北方多选现代或外国书，去南方则常选古籍。没什么明确理由，强说的话，南方文人士大夫气息浓一些，选择古籍更契合？这次最后择出的，是欧阳修著作《集古录跋尾》。

去扬州必去大明寺，平山堂更不可缺。今天的平山堂是后人重建的，初始乃是欧阳修"作品"。宋仁宗庆历八年（1048）二月，将满四十一周岁的欧阳修到任扬州太守，在大明寺西侧修建了平山堂，供他和一班文雅之士日常聚会，觥筹交错，赏景作诗。因为建在小山岗上地势高，于堂中极目远眺，远山正与堂栏平，所以起了这名字。也从此成了文人墨客到扬州必参

104

之地，古往今来，太多名家对堂感怀。千年之后，我从几千本书里择出欧阳修著作那一刹那，心里掠过的，正是平山堂的身影。

欧阳修以文、诗流芳至今，这本《集古录跋尾》不算他的主流著作，读的人不多。那时代的文化人，文、诗才是正经事，也才配得上主流之谓。可是正经事外，谁还没点个人爱好啊。欧阳修的个人爱好之一，是收藏历代金石拓片。自三十多岁起，直至五十多，历时十八年，"集录三代以来金石遗文一千卷"，辑为《集古录》。大约四十多岁的时候，收藏量日渐增多，可能为整理之故吧，又"撮其大要，别为录目"，即对每一张拓片加以评述、考证，便有了《集古录跋尾》。应该和他那本《归田录》一样，算笔记类。

上了火车，开始读书。简体横排版的笺释者序言里，将欧阳修评为清代碑学之前驱。所谓"碑学"，与"帖学"相对。书法金石界向有碑帖之争，有人捧碑抑帖，有人捧帖抑碑，各执一词。清代阮元著《北碑南帖论》和《南北书派论》，算是首倡了碑学。从这两本书的书名，也大致能看出分南北论书之意，碑学者大致觉得，北碑多朴拙粗犷，南帖多秀雅俊美。欧阳修呢？在论及北碑之一"宋文帝神道碑"时说，"南朝士人气尚卑弱，字书工者率以纤劲清媚为佳，未有伟然巨笔如此者"。确有前驱者的意思。我读至此，默默想到自己出门挑书的习性，不乏几分相应啊。

到了扬州先忙正事，和友人同赴鉴真图书馆捐赠书籍。好大的院子，宽敞清静。一位年轻法师先带我们参观图书馆藏书。我按馆内编目顺序，在书架间找半天，未见《集古录跋尾》，便向法师郑重推荐。理由自然少不了欧阳修做过扬州太守一条，说完又跟法师开玩笑：不过这位是出了名的排佛排道，独尊儒家，收他的书进来，会不会太给他面子了？法师宽厚地笑笑，没说什么。

正午，在图书馆院内的滴水坊吃斋饭，又和同行友人聊起以前读到的一则欧阳修小故事：他不喜欢佛教，遇到有人谈论佛书，就瞪人家。可他有个儿子小名偏叫"和尚"。人家就问啦，您既不喜佛教，为何还给儿子起这么个小名？欧阳修回答，小孩子起贱名好养活啊，没见好多人家管儿子叫小牛小驴的么？友人听了这故事刚要笑，看看周遭环境，又憋了回去。

欧阳修读书时，尊唐朝韩愈为先师。韩是著名的排佛人士，有名篇《原道》纵论佛道之不是，所以欧阳修对佛道，也立场鲜明持批评态度。不过二人风格有所不同，欧阳修比较冷静，不像韩愈那么暴脾气，他反对韩愈"人其人，火其书，庐其庐"的激烈做法，认为烧书、占庙绝非明智之举，应该"修其本而胜之"，即从根本上改变人心。修本的具体内容是"补其阙，修其废，使王政明，礼义充，则虽有佛，无所施于吾民也"，纯正儒家道统。

不少前人著作中，说欧阳修晚年由儒转佛，成了佛教徒。证据之一是他晚年易号"六一居士"，其诗话著作就叫《六一诗话》。有点想当然了。他自己写过一篇短小精悍的小传，明说了"六一居士"的由来：被贬滁州时，自号醉翁（《醉翁亭记》即彼时所写）。后来又老又衰且病，将退休于颍水之上，更号六一居士。有人问"六一"指什么，答曰，藏书一万卷，集录金石遗文一千卷，琴一张，棋一局，常置酒一壶。人又问了，这才五个一啊？说还要加上我这糟老头子，在这五个一之间转来转去，凑够"六一"了。你看，和皈依佛教也没太多瓜葛吧？可能是"居士"二字搞的鬼，殊不知居士一词，佛教传入中国前很多年，就有多人使用，《礼记》中有，《韩非子》中有，指有德才而隐居不仕或未仕之人。

还有人罗列证据，说欧阳修与不少僧人过从甚密，并曾引荐僧人契嵩给皇帝，后来皇帝赐号契嵩为"明教大师"。他还有诗作写到僧人秘演，显示出彼此感情深厚……更有一些佛家著作里，白纸黑字写他受到一些僧人的教导。比较常见的，有南宋释志磐《佛祖统纪》里写他游庐山拜谒祖印禅师，"（祖印）出入百家，而折衷于佛法。修肃然心服，耸听忘倦，至夜分不能已"。《五灯会元》里也写到，欧阳修拜访浮山法远禅师，禅师借一盘棋与他说法，大致讲了些"肥边易得，瘦肚难求。思行则往往失粘，心粗而时时头撞"，欧阳修听完跟同僚赞叹道："初疑禅语为虚诞，今日见此老机缘，所得所造，非悟明于心地，安能有此妙旨哉。"这类记录不少，但也不很多，经仔细阅读，要不就是第三者一厢情愿的描述，要不就是正常人的正常慨叹而已，都难以作为有力证据。

我的扬州之行，鉴真图书馆的正事办完，剩下的时间全部自由活动。白天兴之所至四处闲逛。夜晚回了酒店，沙发里窝着，嚼着花生米静静细读《集古录跋尾》。心里惦记着欧阳修与佛教到底有怎样的关系，便对这层内容格外留意，不料就真看出些蛛丝马迹。

"梁智藏法师碑"一篇，说此碑由南朝梁湘东王萧绎撰铭，新安太守萧几作叙，尚书殿中郎萧挹书。然后议论：太守尚书均自称这位智藏法师弟子，"衰世之弊，遂至于斯"。显然心有不平，还有点跨越时空口诛笔伐当年二位大臣的意思。据篇末标注日期，欧阳修写这篇时五十六岁。

类似的意思，在"唐百岩大师怀晖碑"一篇再次表露。怀晖和尚是禅宗一代巨匠马祖道一门徒。这块碑，由中唐时期做过多部尚书的权德舆撰文，做过工部尚书的归登篆额，做过宰相的郑余庆书写。此外又有别碑，做过中书侍郎的令狐楚撰文，做过宰相的郑絪书写。对此欧阳修几近严斥道："彼五君者，皆唐世名臣，其喜为之传道如此，欲使愚庸之人不信不惑，其可得乎？民之无知，惟上所好恶是从，是以君子之所慎者在乎所学。"又，令狐楚所撰碑文中有"大师泥洹荼毗（"泥洹"即涅槃，"荼毗"应作荼毗，即火葬）之六年，余以门下侍郎平章事摄太尉"之句，欧阳修简直要说是愤怒地骂道："泥洹荼毗是何等语？宰相坐庙堂之上，而口为斯言。"

"唐放生池碑"一篇里还说道："浮图氏之说，乃谓杀物者有罪，而放生者得福。苟如其言，则庖牺氏遂为地下之罪人矣。"

"隋太平寺碑"一篇，说此碑文辞毫无可取之处，"而浮图固吾侪所贬，所以录于此者，第不忍弃其书耳"。篇末标注，欧阳修写这篇时五十七岁。

同是五十七岁这一年，清明节后一天又写了篇"唐颜师古等慈寺碑"。先介绍此碑由来——唐太宗李世民打完一统天下的关键之役武牢之战，破敌王世充、窦建德，在战处建寺，为阵亡将士荐福。至此欧阳修议论道："唐初用兵破贼处多，大抵皆造寺。自古创业之君，其英雄智略，有非常人可及者矣。至其卓然信道而知义，则非积学诚明之士不能到也。太宗英雄智识，不世之主，而牵惑习俗之弊，犹崇信浮图，岂以其言浩博无穷，而好尽物理为可喜邪？盖自古文奸言以惑听者，虽聪明之主或不能免也。惟其可喜，乃能惑人。故余于本记讥其牵于多爱者，谓此也。"深为一代英豪被"文奸"所累而叹息，排佛之意昭然纸上。其中提及的唐太宗本记，指《新唐书》。二十四史之中有两部出自欧阳修之手，《新唐书》和《新五代史》。两部史书中，凡涉及佛教记事者，一律被删除了。

可能因为《集古录跋尾》只是私人化的笔记而已，倒是没像修史书那样赶尽杀绝，有不少牵扯佛教的内容。当然也是因为佛教经过唐代之盛，留有太多碑文，若也一律删除，必缺半壁江山。不过写到这些碑时，基本都大批特批文辞毫无价值，只为字写得好，或者字体前所未见等技术原因，才予以存留——所谓"不忍弃其书耳"。

五十七岁这年夏至日，大热，欧阳修写了"唐郑预注多心经"（"多心经"即"般若波罗蜜多心经"）一篇，也说"（字体）尤精劲，盖他处未尝有，故存之而不忍弃"。然后还一揽子标注道："矧释氏之书，因字而见录者多矣，余每著其所以录之意，览者可以察也。"

"唐龙兴寺四绝碑首"一篇里也说，只因法慎律师的碑额字好，所以只录碑额。顺便说："律师者，淮南愚俗素信重之。"愚俗……够粗暴的。

欧阳修敬尊韩愈，韩愈和柳宗元一向被世人并称为"韩柳"，而柳宗元一生好佛。柳曾为唐代著名僧人般舟和尚撰书《般舟和尚碑》，欧阳修论及此碑时说，韩柳二人"为道不同犹夷夏也"。进而他把韩愈经常夸赞柳宗元解释为不得已，是怕常人理解为争名夺利。"退之于文章每极称子厚者，岂以其名并显于世，不欲有所贬毁，以避争名之嫌，而其为道不同，虽不言，顾后世当自知欤？不然，退之以力排释老为己任，于子厚不得无方言也"……

扬州旅次，彻夜不眠读完《集古录跋尾》，掩卷不禁莞尔。一本人民美术出版社出版、被誉为中国金石学开山之作的书，被我当成扬州之行随行读物，又弃金石、美术、文艺于脑后，单单读出欧阳修的排佛之事，我也真够会钻荆棘小道儿的。天尚未明，睡意全无，上网继续搜搜关于此事的信息。

某论坛几年前还真有人激烈争论过欧阳修信佛还是排佛。正方引了不少佛家典籍证明其信佛，反方也引了多种资料反对。基于读完《集古录跋尾》的印象，我偏向于反方的总结：欧阳修五十二岁时修毕《新唐书》，并未改变"有涉其事（浮图）者必去之"的立场。在他五十五岁时写给蔡君谟的信中，仍称"浮图、老子为诡妄之说"。五十七岁时序《唐华阳颂》，仍批评"佛老弃万事、绝人理，是畏死、贪生之说"。欧阳修六十三岁时更号"六一居士"，之后编了《六一居士集》，其中所有批判、排斥佛教的文章，特别是最著名的那篇《本论》亦未见删去。六十五岁，欧阳修去世。

晨曦已彻底钻透房间的厚纱窗帘，新的一天开始了。洗脸刷牙，出门重游大明寺、平山堂。上次来扬州还年幼，走马观花不啻小梦一场；时隔几十年，再度站立于平山堂前，感觉有个又倔又能干，话还特别多的白胡子老头欧阳修，就在不远处站着，活生生的。"话还特别多"并非我妄议，欧阳修过世后，朝廷一班大臣要为他选谥号。一代大文豪，"文"字首先定了；另一个字开始选的是"献"，大臣们说，"公平生好谏诤，当加'献'为'文献'"。后来没通过，改成"文忠"，解释是：道德博闻曰文，廉方公正曰忠。

告别扬州那天，一个念头扑喇一声划过心海，我的出生地淮阴离扬州极近，不如顺道故地重游？可也仅仅只是一念而已，双脚还是一路平顺、不知不觉中踏上了回京的列车。浸淫在周围一片扬州方言中，又想起幼时在淮阴听南京话，感觉和普通话很接近；后来居北京，听南京话和淮阴话很接近。由此又想到，少年时读唐宋史，感觉唐宋和尧舜一般遥不可及，如今再读唐宋人事，感觉和"八十年代"的那些也差不太多。

就在那次法远禅师借棋给欧阳修说法中，禅师说："休夸国手，谩说神仙。赢局输筹即不问，且道黑白未分时，一着落在甚么处？"说完无应对。良久，禅师说："从来十九路，迷悟几多人。"北京居家也好，南下扬州也罢；大宋"国手"欧阳修也好，神仙般赋闲如我的现代人也罢；尧舜禹也好，汉唐宋也罢；信佛道也好，独尊儒也罢；古往今来，生老病死，南来北往穿梭不息，看似热热闹闹一场大戏，却也如下棋一样，从未跳出纵横十九路，关键只在迷悟间。

大唐公务员柳宗元

《柳宗元集》读到一半，友人相约去清迈过圣诞节。觉得远在异国他乡，读这么正宗的国粹不合时宜，就没带剩下那一半。可真到了清迈，第一天逛逛古城就后悔了。巴掌大点儿的城，佛寺林立，三步一小，五步一大，进去转转，频有僧人擦肩而过，不禁遥想柳宗元生活的中唐时节，差不多也是这般景象吧。学者统计，柳宗元时代，全国寺庙五千多座，兰若几万。长安、洛阳这样的大城市不用说了，柳宗元蛰伏十一年之久的小小永州城，亦即今日湖南永州，也称零陵，当时应该和清迈古城差不多大吧，就有龙兴寺、华严寺、开元寺、法华寺等三十六处寺庵。如此，2013年底的我，在清迈寺庙间穿梭，某一瞬间不禁错觉变身柳宗元。

是寺庙之多惹我无端遐想，还是在北京读柳宗元的余音绕梁？

没有细想。倒是另有一道闪电划过脑海：公元 773 年柳宗元出生，819 年卒，人生四十六载。而我过完这个圣诞，也要迎来 2014 年，生于 1968 年的我，也四十六岁了。

这么想，甚至还说出来，似乎有点不吉利，但这正是我重读唐、宋文人著作计划中一个不无怪僻的心理：我不仅想重读他们都写了些什么，还想知道他们是在什么年纪写了那些，以及，可能是在什么样的心境下写了那些，进而再和我，以及我所身处的这个时代相勾连。所以就总在心里游戏般做着一道 x+n 的数学题，x 是阅读对象生平履历的时间，n 是我与他们在时间轴线上相隔的距离。比如读柳宗元，这一公式中的 n=1968-773=1195。也就是要好比，柳宗元和我一样生于 1968 年，而在 2014 年的农历十一月，他将客死蛮荒的柳州。

重读计划加入这一游戏之后，自他相换，时空大挪移，那些冷冰冰的历史年代数字仿佛被激活，古今鸿沟貌似被填平了。除此以外，多少也有另外一层深意，标准说法可以叫以古鉴今，更大胆的说法是古今不二。

在清迈时，泰国骚乱正盛，曼谷游行示威不断，一副天下大乱之势。清迈却一派祥和，优哉游哉。可是我看着电视里各种政府官员愁眉苦脸应对记者提问，突然想到，虽然今天我们将柳宗元和韩愈并称"韩柳"，奉他为古文运动领袖，但那都是身后之名，他的职业只是个大唐的公务员。大唐盛世三百年，百姓除了安史之乱遭殃数年，其余时候大多歌舞升平，国泰民安，但是身为公务员的柳宗元，却半生煎熬。

依我的公式换算之后，作为公务员的柳宗元粗略履历如下：1984年考进士，连考好几年，直至1988年才登进士第。1992年，二十四岁的柳宗元到离长安不远的蓝田县当县尉（大致相当于县长助理），正式开始公务员的职业生涯。他从小便"精敏绝伦，为文章卓伟精致"，"当时流辈咸推之"，既进了公务员系列，毫不吝惜才华，恣意挥洒。从他的著作年谱可见，从政之后写了不少表、状、碑、记、文、志，一时年少得志，名声远扬。

当时朝廷高层中，有两个改革派大人物王叔文、王伾，他们瞄上了柳宗元。在二王的赏识与运作之下，柳宗元升迁监察御史。这一职务品级不高，正八品下，不过因为职在监察内外官吏，权限甚广，是要继续升官的前奏。2000年农历正月，王叔文、王伾侍读多年的太子李诵终于继承帝位，即唐顺宗。二王开始率领柳宗元、刘禹锡等人，推行全面政治体制改革，史称"永贞革新"。柳宗元也官升政客生涯的顶峰，礼部员外郎，大约相当于今日部委的一个副司长。虽然品级仍然不高，一般为六品左右，但属吏中要职。这一年他三十二岁，政坛新星，踌躇满志。

可惜福祸相依,残酷的政治斗争中,一帮文人组成的革新集团,根本撼动不了此前运营已久的宦官和军队的坚硬根基,唐顺宗只当了不到一年的皇帝,革新集团也只掌了短短一百四十六天的权便宣告失败。二王中的王伾被贬为开州司马,不久病死;王叔文被贬为渝州司户,次年被赐死。柳宗元、刘禹锡等革新集团的八个核心人物,先后被贬为边远八州司马,这就是唐史中著名的"二王八司马事件"。司马这一官职,本来应该是地方上没有兵权的侍从武官,但唐时的地方司马多为闲职,用以安置贬谪人员。

起初是被贬为邵州刺史的,赴任途中又接噩耗,加贬为永州司马。永州一待十一年,2010 年,四十二岁的柳宗元接到诏书回长安,本来有重新被重用的可能,可是遭遇小人捣乱,又被改派,虽然官职回升了一点点,但是长途跋涉了三个月,到了比永州更加偏远的柳州任刺史,即柳州的行政长官。四年之后,郁闷地死于柳州任上。

经过如此换算,拉近了作为读者的你、正写此文的我,和柳宗元这个他了么?我继续——

清迈没有《柳宗元集》,但是随处有 WiFi;无法持卷,却不妨从网上搜出部分篇章,细读细咂摸。既是佛寺如此之多的地方,就选了他佛教题材的诗文。更何况,"涉佛"也是柳宗元的一大特色，有学者专门统计过，柳氏涉佛文章数量，在当时士大夫中为最多，《柳宗元集》四十五卷诗文中，佛教碑文有两卷，共计十一篇。记寺庙、赠僧人的文章各占一卷，共计十五篇，一百四十多首诗里，与僧人赠答和宣扬佛理者共计二十多首。

碑文十一篇全在网上找到，"曹溪大鉴禅师碑""南岳弥陀和尚碑""岳州圣安寺无姓和尚碑"等，编在文集的第六、七两卷。其中又以这部分文章的开篇"曹溪大鉴禅师碑"最为著名。曹溪大鉴禅师就是著名的禅宗六祖慧能，唐代曾有三大文人为他作碑铭，王维、柳宗元、刘禹锡。慧能圆寂整整一个甲子之后，柳宗元出生。

说到柳宗元与佛教，与唐宋时期诸多文豪的情况类似，历代佛家著作屡屡将他们拉作佛门弟子，历代文人著作里则众说纷纭。前者乃是一种古今中外常见的拉名人充门面，后者则是各取所需，为做自己的课题，写自己的文章。具体到柳宗元，前者好比成书于宋朝的《佛祖统纪》中，把他列为永州龙兴寺僧人重巽的俗家弟子，并将其"圣安寺无性和尚碑""龙兴寺净土院记"等文收录在内，作为"发扬光大佛教"的名篇。此外，《释门正统》《佛祖历代通载》《居士传》等著作，以及高僧契嵩、宗杲等人的个人著作中，也都有不少他的材料。至于后者，说法就更多了，网上随便搜搜，当今不少硕士博士论文都以此为题，综合起来立论大致有这么几条：

一、柳氏一生好佛，精通佛理；

二、柳氏虽好佛，其实是佛为儒用；

三、柳氏对佛教也是区别对待，比如批禅宗，拥天台……

四、还有人干脆高屋建瓴，将以上三种融为一体，说柳宗元真正要做的事，是融合儒道佛三教。

在我看来，这些说法长短分明。长处是各有各的证据，立论考据都不同程度地显示了学术功底；短处是，基本都是从学术到学术，或文学，或哲学，或宗教，或政治……再多的角度，柳宗元在他们笔下，也只是奉在博物馆的塑像，或者说是个僵死的"物"。从这个意义上讲，二十一世纪的今天，说他整合儒道佛三教，和上个世纪七十年代争论他是法家还是儒家、是有神论者还是无神论者，好像没什么本质区别。

柳宗元能名垂青史，自有他可以塑像供着的一面，这个毫无疑义；但是老这么供着，再不断往脸上贴金，时日一长，形象容易变形也是不争的事实。而我把柳宗元时空大挪移到 1968 年出生的一个正常人，一个爱读书、才华卓然的普通人，是寄希望剥去一千多年在他脸上贴的金粉，看看他常人面目。

重读柳宗元，从北京读到清迈，再从清迈读回北京，通读所有其著作之后，要想描述这一面目，关键词还是"公务员"。虽然他才华过人、文采超群、情怀广大，但是纵有千般风情，也都只是"公务员"一词的定语而已。显然我这并非旨在学术研究，与前文所谓古今不二一脉相承，我是尝试着探探一千多年前一个人的用心。

细研柳宗元著作年表，会发现他风华正茂、官运亨通时，撰文大多是明确的公文性质，那是他的日常工作。一些留存的诗作当然更多个人化的性情抒发，但其中也不少应和之作。总之一副标准的有才华公务员的样子。（不妨嫁接一下当今不少朝气蓬勃的年轻官员，也诗文俱佳，甚至一笔好字到处题尚，显露出他们不俗的才情。）政治大变革中站错队伍，被贬永州，是柳宗元人生一大转折，职业生涯被毁到底，一时也无望卷土重来，只得另觅他途，寻求人生依仗。他在给友人的书信中说，"贤者不得志于今，必取贵于后"。如何"取贵"呢？他也想好了——"能著书，断往古，明圣法，以致无穷之名"。柳宗元的人生从此不同，也因此，唐朝的历史也许少了个名垂青史的政治家，却多了个集文学家与哲学家于一身的了不起的人物。（不妨再嫁接联想现当代中国，一场"文革"大难，诞生了不少作家、思想家。）

将柳宗元置于大唐公务员这一普通人身份，也许可以解开不少"柳学"中争论不休的迷雾，比如他与佛教及道教的关系。我是同意融合之说的，但是此融合非彼融合，儒道佛三家，都别急着往他身上贴标签，他既不是要用儒来融佛和道，更不是要用佛来统儒和道。儒道佛三家都只是他的素材，他要用这些素材画一幅自己的大画，亦即建立自己的全景式的人生观、世界观和价值观。这幅大画能不能这么画，以及最终如何，我没能力置评，我能说的是，至少在很长一段时间内，他对佛道儒三家的精研，也许只是出自一个公务员的责任心。

大唐三百年，对佛、道、儒而言，都可谓鼎盛期，除个别例外，基本上历任皇帝都执行了三教并举政策。甚至在皇帝的直接诏示下，还上演了很多场三教论衡大戏。可是"并举"这种事，当国策口号喊喊容易，落实到具体人事上，常常是按下葫芦起了瓢。相关事例太多了，可以读张之洞的曾孙张遵骝先生编写的"隋唐五代佛教大事年表"，简明扼要，纸上一日阅尽几百年人世沧桑。读完就会发现，这所谓的"并举"，具体落实在一份接一份的诏书上，政策上有多混乱，又把社会生活搅和得多乱。从皇帝到重臣，都是忽东忽西，忽而抑佛抬道，忽而抑道抬佛，忽而儒家遭冷落，忽而又唯儒是尊，一出接一出，极尽戏剧化之能事。

柳宗元有过辉煌的青少年时代，自然自视不低，目睹整个社会价值观如此易变，内心升起"我不琢磨谁来琢磨，我不明白谁会明白"的雄心壮志，也就不奇怪了。这一心理活动当然是我个人的猜想而已，不重要，更重要的是，作为大唐公务员，无论身居要职，还是失意被贬，他有责任"与中央保持一致"，"把握时代的脉搏"。也唯有琢磨透"中央的意思"，才有可能重回长安，仕途再度辉煌。当然，这仍是我个人的猜想。那个时代的公务员们从小就把忠孝二字烙在骨头上，随时心系皇帝，也是很自然的事。

如果按照这一猜想来贴近柳宗元，他的大唐公务员履历表一行行白纸黑字旁边，似可加上心理轨迹变化图作为注解——起初一路还算顺利，考取公务员，学以致用，当然主要是个齐家治国平天下的儒家心态；陡遭恶变，被贬蛮荒，加之又住在永州的龙兴寺，与和尚们打成一片，消极点想，这是心中郁结需要排遣；积极点想，断往古、明圣法；总之，他开始重拾自幼就喜好的佛家理论。随着日月更替，人也待住了，心也待稳了，更重要的是，整体世界观、人生观、价值观逐渐成熟，这才认清形势，脚踏实地从头再来，开始摸索三教融合之道，画自己的那幅大画。

但是，不管如何融合三教，柳宗元这幅大画的底色，始终是儒家色彩，这是不容置疑的。这也充分彰显了他的公务员身份特征，就如同唐宋以降，分别有过佛家、道家大德以佛家、道家色彩为底色一样进行过融合，分别彰显了他们的僧人、道士身份特征一样。包括到今天，我们不是还在一些国学、文化、心灵之类的讲座、雅集中，经常听到打通儒释道的高谈阔论么？以我所见，今天要融合的这些人，绝大多数身份特征就没那么明确了，甚至我想说，简直一塌糊涂，不是骗子就不错。

武则天与禅师

武则天和禅师，如此既枯又朽的名号，猛不丁儿成了眼下网络新宠，真个叫世事难料，猝不及防。武则天走红，缘自一部电视剧《武媚娘传奇》，正风风火火播得街谈巷议，突然因为"胸器逼人"停播收回，千辛万苦修改后重返银屏，画面只剩一个个硕大的人头。而禅师的走红，大概与近年假和尚频频出街、鸡汤体文风盛行有关。鸡汤体的特点之一是云山雾罩，竹头接木，这和门外汉对禅宗的印象极为贴近，一些以讲科学为己任的新时代中青年看不下去了，以讽刺幽默文体，杜撰了种种"青年问禅师"的段子。有人还专门以此为题材拍了小电影，羞辱假禅意、假禅师，网上反响热烈。

真要论起来，武则天还真和几个禅师交道不浅。且将"青年问禅师"抛诸脑后，来说说武则天问禅师。

整个唐朝，是佛教在中国光彩夺目的黄金时代。武则天和佛教的渊源也不浅，当她还是唐高宗的皇后时，玄奘大师是全国头号大法师。她生了皇子（即后来的唐中宗），依玄奘法师之请，取了名号"佛光王"，并请玄奘为儿子剃发受戒。她和唐高宗迎请法门寺佛骨入宫供养，"舍所寝衣帐直绢一千匹，为舍利造金棺银椁，雕镂穷奇"。玄奘圆寂后，是她延续前朝的传统，主持并亲自参与了大规模的译经活动，为汉地留下众多不朽的佛教经典。她请僧人在洛阳龙门山建造卢舍那佛像，至今仍为万民膜拜。以上种种，依著名学者陈寅恪在长文"武曌与佛教"里的说法，武则天是中兴佛教教主级别的人物。更接地气的例证有两个：一、直至今日，佛弟子念经之前念开经偈，"无上甚深微妙法，百千万劫难遭遇，我今见闻得受持，愿解如来真实义"，就出自一千多年前的武则天之手。二、常见到的"卍"字，正是她下令让佛经制此字为如来吉祥万德之集，音之为万。

史料上记载了武则天与众多门派高僧的交往，具体到禅门禅师，也不乏其人。武则天时代，正是汉地禅宗从静水深流到盛行全国的过渡期。禅宗法脉从初祖达摩，历经二祖慧可、三祖僧璨、四祖道信，传至五祖弘忍。武则天四十八岁那年，正以皇后身份临朝称制，禅宗六祖慧能到五祖弘忍处学习。武氏六十六岁称帝时，慧能已在曹溪传法十几年，禅宗从此一花散五叶，过渡期完成，拉开几百年鼎盛大幕。

武则天登基，改国号为周的第二年，诏请神秀禅师——就是当年在黄梅山弘忍禅师处，和慧能在墙上各写一偈，一个说"身是菩提树，心如明镜台"，一个说"菩提本无树，明镜亦非台"的那位——进京，当时的盛况是，神秀"肩舆上殿，则天亲加跪礼，内道场丰其供施，时时问道。王公士庶竞至礼谒，望尘拜伏，日有万计"。这一年神秀禅师八十五岁，从此做了三朝国师。

武则天与神秀之间到底问了什么、怎么答的，没太多流传出来。能找到的记录，只有佛门典籍《楞伽师资记》里的片言只语，内容有关神秀的师承关系。如果确实有过这段对话，应该是初见面时的寒暄。武则天问："所传之法，谁家宗旨？"神秀答："禀蕲州东山法门。"又问："依何典诰？"答曰："依文殊说般若经一行三昧。"武则天说："若论修道，更不过东山法门。"

五祖弘忍当年在蕲州黄梅山教育弟子，这座山在蕲州之东，所以叫东山。这段对话虽然简单，但是参考禅宗发展史，其中自有深意。五祖弘忍之后，禅宗分为南北二宗，南宗奉慧能为正统法脉，北宗奉神秀为弘忍继承人。而《楞伽师资记》是站在北宗立场的一次禅宗师门梳理，所以要强调神秀法脉之所从出。也就是说，这段对话的重点，是神秀的弟子们为祖师爷争道统，和禅宗的"业务"——修禅证悟关系不大。也正因此，《五灯会元》等众多后世禅宗公案典籍都没记录。

神秀到底给武则天带来怎样的影响不好妄言，不过就在她见完神秀后不久，下诏制止佛、道二教互相争毁，不知是否和神秀教导有关。

神秀进京四年之后，一个比年近九十的神秀还要年长二十多岁的慧安禅师，也被武则天诏至都城洛阳，尊为国师。慧安也是五祖弘忍的弟子，和神秀、慧能同属一辈儿。当年他在终南山修行，武则天丈夫唐高宗曾诏请过他，没答应。武氏此番相约倒是来了，二人见面时，武则天七十一岁，慧安一百一十三岁。

大概是慧安禅师的长寿比较引人注目，史料上记载的两人对话，是关于年龄问题。武则天问：您多大岁数了？慧安答：不记。武则天问：这都不记？慧安就哗哗说了一大段："生死之身，其若循环。环无起尽，焉用记为？况此心疏注，中间无间。见沤起灭者，乃妄想耳。从初识至动相灭时，亦只如此。何年月而可记乎？"大意是佛教的一些基本见地，人生轮回，像一个圆环，既是个圆，谈不上哪是头哪是尾，时间空间皆为假相，妄想而已。

比起前边和神秀那一段，这番对话有点涉及"业务"了，后边甚至说到人之用心，念念相续，无有间隔，等等，有点说法度人的含金量了。不过还只是"佛法概论"性质的内容，禅门特色尚不明显。武则天怎么应对的,史料未记录,只说她听完这段话就"稽颡,信受"。"稽颡"是古代的跪拜礼,屈膝下拜,以额触地,表示极度虔诚。

岔开说说,武则天与慧安这段对话,时隔大几十年后,有过一段隔空回响,被记在《五灯会元》里,就明显是禅门特色了。韩愈被贬潮州,拜见当地的大颠禅师(论辈分应为慧安、神秀的重孙辈),韩愈问大颠:春秋多少?禅师提起手中念珠反问:会么?韩愈说:不会。禅师说:昼夜一百八。韩愈没明白这是说什么,回去了。第二天韩愈又来找禅师,门口见到禅师座下大弟子,便请教昨天大颠那话的意思。这位大弟子没说话,只叩齿三下。韩愈想再问呢,大弟子已走远。韩愈见到大颠后,执着地又请教昨天那番话到底什么意思,大颠"亦叩齿三下"。

所谓言语道断,心行灭处,禅宗更重视能否"做到",对能否"说到"很不在乎,所以存留下的历代禅宗公案,很多都像生动的哑剧,没有对白,只有动作。大颠禅师"叩齿三下",其实要表明的内容,和当年慧安禅师跟武则天讲的那一大段意思差不多。一百零八颗念珠,念起来循环往复,周而复始,正如人生轮回。韩愈问春秋几何,明显将过去、未来这样的时间假相当作实有了,所以禅师当即截断其妄想,举了念珠。这一举之间,实际已作答:"生死之身,其若循环",起无所起,止无所止。可惜韩愈不会,还来追问,禅师只好进一步用动作点

128

明。"齿"本来就有年龄的意思，叩击三下，也是过去、现在、未来之意，意思是：您怎么还在时间的黑漆桶里出不来呢！

回来继续说武则天。在慧安禅师进宫布道的同一年，武则天还将慧安禅师的弟子仁俭禅师请到宫中。史料上记载下来的这次见面，禅门特色格外彰显。仁俭瞧着武则天，瞧了很久，开口问：会么？武则天答道：不会。仁俭说：我持不语戒。说完径而去。

仁俭禅师的性格，大概是偏向干净利落脆那种的，所以上来便直切主题，半点客气不讲。公平地说，他对武则天的要求也忒高了点儿，这简直是要仿照当年灵鹫山佛陀拈花，迦叶微笑，心心相印。既然不能相印，禅师也不稀得多说什么，禅宗最受不了嘚啵嘚，于是以一句"持不语戒"为推托，既礼貌又果断地撤出。

撤是撤了，毕竟菩萨心肠，第二天写了短歌十九首进献武则天，其中最著名的一首《了元歌》流传至今，开篇即说，"问道道无可修，问法法无可问。迷人不了性空，智者本无违顺"……这些处处引导禅门实修的短歌，不知道武则天看懂没有，反正当时她的反应是，"览而嘉之，命写歌词传布天下"。

除了写到的神秀、慧安、仁俭这三位以外，武则天还见过其他一些禅师，可惜史料上都没什么具体对话留存，也就没什么故事可讲了。至于中国历史上最伟大的禅师六祖慧能，虽然和武则天同处一时代，武氏也确曾诏请慧能入都，但是慧能"固辞不赴"。别有深意的是，武则天诏慧能，是依了神秀的奏请，北宗领袖奏请皇帝诏南宗领袖进京，这里边必定有故事，但是今天已说不清了。

苏东坡的爷爷

有句诗，"斗鸡走犬过一生，天地安危两不知"，看似胸无大志，放浪形骸，作者却是王安石，一生斗志昂扬，变法大业如疾风骤雨，传诵至今，按今儿话说，正能量满满的成功人士，有点违和，大概是一时怫郁情绪宣泄。我读这诗，老有个奇怪感觉，觉得王安石是在暗讽苏东坡的爷爷，因为这位老人家当得起这句话。

苏东坡和王安石交情挺复杂，同朝为官，又都是名满一时的大才子，有不少交好故事流传，比如苏东坡为王安石改诗，王安石出对联为难苏东坡，等等；与此同时，又因政见不同，相互没少攻讦，宦途此消彼长，也留下不少交恶故事。坊间有评论：相爱相杀，一对冤家。理论上说，王安石并非没有可能暗讽苏爷爷。不过，理论上讲得通没用，事实上全无可能，我这感觉至多是个"通感"而已。

不妨聊聊苏东坡的爷爷。

苏东坡一辈子写了不少"序",但从不用"序"字,因为爷爷大名叫"序",按老礼儿,要避老人家的讳。苏序是个什么样的人呢?有三篇重要文献,一是苏洵写的他们苏家族谱"后录",二是苏东坡自己写的"苏廷评行状",三是苏东坡请曾巩写的"赠职方员外郎苏君墓志铭"。这三篇文献,大致描述出这样一个人——

少孤,喜为善而不好读书。甚英伟,才气过人,虽不读书,而气量甚伟。嗜酒,甘与村父箕踞,高歌大饮。弊衣恶食,处之不耻,务欲以身处众之所恶,盖不学《老子》而与之合。性简易,无威仪,薄于为己而厚于为人。与人交,无贫贱,皆得其欢心。居家不治家事,以家事属诸子……

林语堂写过《苏东坡传》,根据相关文献,讲了苏序几个故事:一说,苏序不像别人家那样储存食米,却以米换谷,存了三四万石之多,别人不明白他抽什么风。及至荒年歉收,苏序开仓放粮,众人方才恍然大悟,稻谷可藏数年,稻米天潮时易腐。

第二个故事，苏序的二儿子，亦即苏东坡的叔叔，赶考中榜，派人往家送了喜报和官衣官帽、上朝用的笏板。当时苏序正在喝酒取乐，醺醺大醉，手上拈着大块牛肉在吃，当即向酒友们朗诵喜报，然后把那块牛肉扔在行李袋里，和喜报官衣官帽囫囵装于一处，骑着驴走了。他的亲家是名门望族，见此情状觉得丢人，可是事后苏东坡为爷爷辩解：只有高雅不俗之士才能欣赏老人家这种乐天本真。

第三个故事，一天苏序大醉之下进了座庙，把一尊神像摔得粉碎。他对那尊像早有恶感，而且那尊像，全村人都挺惧怕。为民除"害"吧。更有可能是，苏序对庙祝心存敌意，因为他常向信徒们勒索钱财。

这样一位乡居老汉，留下的史料很少，如果不是因为子孙出息，必定如同亿万普通百姓一样，消失在历史尘埃中，一个字不会留下，更不可能有人还记得他们。相比起来，他的三个儿孙成就卓伟，时隔千年，诗文仍被四处传诵。我因为读苏东坡，顺藤摸瓜又读苏洵、苏辙，拔出萝卜带出泥又读到苏序这个人，就迷上了。我甚至觉得，非要于此二者之间选择其一作为自己生活理想，我会选苏序。

少年的某一天，我在悬空寺山下邂逅一位号称命理高手，纯属好奇和游戏心态，请他预测前途。老先生拒绝，说其实都是瞎扯淡，而且说了也白说，因为每个人理解的命好命坏，犹如天壤之别。这一说倒似激将法，勾出我浓厚兴趣，愿闻其详。老先生矜持片刻说，在他看来，人一辈子没有大病无大灾，有吃有喝不挨饿，稀里糊涂寿终正寝了，这，就是最好的命。说完他不屑地问：你这年纪、这心气儿，能认同这个吗？

以他这套说法考量苏氏三代人，显然苏序一生更好，而贵为文豪、流芳千古的苏洵、苏轼、苏辙，一生起伏跌宕、颠沛流离，正是苏序的反面。

前几天读一篇追悼著名经济学者杨小凯的文章，看他一生种种流离失所，苦难相伴，不禁感慨，从古至今，无数知识分子痛下决心，要远离社会喧嚣，潜心研究学问，然而终其一生，始终无法放下"中国往何处去"这道紧箍咒，简直矛盾到悲壮。在我看来，苏序与其子其孙，乃至理论上有可能讥讽他的王安石，最大差别即在此处。

说到这里，似乎意思说清楚了，无非"诗言志"呗，其实留下一个巨大的坑——我一边说着矛盾悲壮，一边依旧以二分法，将人生割裂为苏序那样的一生、苏东坡那样的一生；又将知识分子潜心研究学问和远离社会喧嚣一分为二。

还是苏序，族谱"后录"里说他，"见士大夫曲躬尽敬，人以为谄。及其见田父野老亦然，然后人不以为怪"。非常不幸，我们就是这里边说的这个"人"，心底先二分出个士大夫、田父野老，而人家苏序一以贯之，无有二分。所以我在这里说什么理想是苏序那样过一生，也应了那句流行语：理想丰满，现实骨感，难得很。

叶先生

2018 年元旦刚过，叶喆民先生辞世，享年九十四岁。很多主流媒体大版面报道。叶先生若天上有知，大概会有点莫名其妙。虽然他被众多同行尊为陶瓷史学泰斗，被众多书家尊为品格奇高的当世书法大家，但已离休多年，蛰居北京方庄一套老旧灰暗的公寓内，很久没在公众视野出现了。

当然更有可能的是，叶先生对这一切全然不知，在世时不关心，走了更没必要关心。淡泊名利、风骨高洁、浩然之气这些词，被习惯吹捧之徒用烂了，放眼四顾，灰心茫然，这世上几个人担得起这么重的几个词呢？在我眼里，叶先生是一个。

八十年代初，叶先生不到六十岁，是中央工艺美院老师，主讲陶瓷史，后来令他声名鹊起的有关汝窑遗址的论文尚未发布。

工美的学生会主席叫唐庆年，书法篆刻大家唐醉石的后人，基因遗传的缘故吧，一直热爱书法，倾慕叶先生的书法造诣，请他课余闲暇给喜欢书法的同学们开讲座。叶先生答应了。大概也正是从此开端，叶先生在本校及北大等多处，不仅讲陶瓷史，也讲书法史了。

那是八十年代初，西学东渐热火朝天，艺术院校的学生又是春江水暖里的鸭子，书法这样的老古董不受待见，所以庆年组织的书法课，报名的并不多。我那时十一二岁，正在默默临帖。颜真卿的"多宝塔"开始，继之"勤礼碑""麻姑仙"。楷书写了一年多，换了"张迁碑"。都是自己摸索着临，外加盲人摸象看些书，比如《广艺舟双楫》一类。稀里糊涂，似有所感，细加追问，又岂止隔着一层。

庆年是我发小儿唐大年的哥哥，我因此很快得知有"隐藏的高人"要讲书法这一消息，跃跃之情顿起。一天傍晚，我和大年一道，拎着墨盒、毛笔和几张元书纸，坐9路公交车，从台基厂到光华路，下车再一通暴走，终于坐到叶先生的书法课堂。教室里有我们两个中学生，还有七八个工艺美院的大学生。

时隔多年，如今已记不清具体的年月日了，记忆里应该是春天。不过我又想，所谓春天，可能不是现实记忆，而是心理记忆，因为第一堂叶先生的课听下来，真个叫如沐春风。

叶先生的书法课分为两部分，前半段他串讲书法史，后半段学生临帖，他现场指导。书法史部分，那会儿既无投影仪，也无电脑，全靠叶先生拿字帖，间或也有他收藏的拓片图示。好在人不多，教室也不大，倒也并无任何障碍。后排看不清，就站起来凑上前看。

几年前在琉璃厂逛书店，看到叶先生一本刚出版的《中国书法通论》，偏居书架底端一角，大十六开本，看也不看拿到柜台付款。回家读了整宿，无数往昔情景重回眼前。这本通论，正是当年课堂讲义的长编。只可惜用纸、印刷都比较粗糙，很多图片模糊不清，甚至套版都没套准。说来也挺感慨的，现在各种条件这么先进了，可是做事不用心，再好的东西也禁不住这么毁啊，难怪在书店不受重视。

当年叶先生的书法课，真是心对心，所说的现场指导，有时候甚至是手把手。我们分别埋头写，叶先生走下讲台，在课桌间来回巡视，即时指导。还记得第一堂指导课，他走到我身边，我正在写"张迁碑"某个字的第一笔，一横。叶先生驻足，轻声说，不要画，要写。我没太明白，抬头看他。他补充道，要写得实，不要描描画画。我又横了一笔。他说，你这还是描画。接着又启发我：心里不要犹豫，不要胆怯，实实在在地一横横出去。他的声音轻柔而坚定，指示明确，我像被一股气场罩住，可算明白他在说什么了。一横又横出去，果然自觉比上边两笔实了不少。可是叶先生看了就笑了，他说，还是不够实，你好像胆子不大啊。一边说着，一边已换位至我身后，右手一把攥住我的右手，说：来，跟我写。一双绵软不大的手，也没有感觉到用了多大力量，但那一横再横出去，有起有落，有行有止，实实在在。再看纸上，扎扎实实的一横，而上边那三横，顿时沦落为受气的小媳妇。很难用文字描述当时心里那股先蒙后喜的复杂感受，就是那么股子劲儿吧，突然就有体会了。有点像水落石出，还有点像老花眼纫针，终于线进针鼻儿。

叶先生的书法课，课堂不只在教室，他还带我们一起去故宫书画馆，他说一定要多看原作。一幅一幅现场讲，好在什么地方，为什么这么写。每次去，开始讲的时候只有我们几个人，不一会儿就一大团人蹭着听。至今还记得，叶先生讲一幅郑板桥草书，提示注意那个"也"字，末笔极长。我说又有气势又很生动，叶先生说：那个另说，我要你们看的是，中锋一贯到底，而且那么长一笔下来，没撒出去，气没泄，有收笔，这就是我跟你们讲的，无往不收。

是的，叶先生的书法课，最核心的词汇就是这两个词：笔笔中锋，无往不收。这两个词不光可以用来讲书法，更是在讲做人。叶先生讲书法史、指导书法都是"面子"，还有非常明显的"里子"，就是做人。所谓正，所谓直，所谓君子，所谓儒雅，无时无刻不贯穿在叶先生的讲述与教导中。而且这一切无不从字出发，从具体的一横一竖出发，是典型的润物细无声做派。我那会儿正是人生观价值观逐步开始建立的年纪，如今想来，自己怎么就变成现在这样一个人，这样的性格，这样的审美，叶先生的书法课起了决定性作用。

由此就又想到，为人师表者千千万万，几千年师生薪火相传，多少人一辈子没机会碰上个好老师。师正则生正，师歪则生歪，所以这大千世界，才有那么多歪邪之人。而像叶先生这样的好老师，恰是因为品格不凡，不描不画，只管扎扎实实地一横一竖，在人世间就只能自守高洁，清苦一生。去年冬天生了病，只能在医院楼道就诊治疗。后来被去探视的弟子们发现，多方努力才转入老年病房。这个事也不能细究，细究起来也让人难逃尴尬，心生大苦——叶先生一生磊落，自珍自重，可是一众弟子还是要去走关系，才把老师安置进病房。

就在去年夏天，早已移居美国的唐庆年回北京，专程去看叶先生。从先生家出来，又到了我这里，说叶先生迫于居室狭仄，已经很少写字。庆年说，你这儿地方大，哪天接老师来痛痛快快写写，"过过瘾"。我当时很兴奋，恨不能第二天一早就赶去接老人家。可是夜深人静仔细一想，九十几岁的老人家，往返折腾，再说写字于别人，可能只是描描画画，但是叶先生必然气血全动，马力全开，万一对身体不利，岂非好心办坏事？就这一犹豫间，无数杂务又缠上身，计划就被搁下了。不过几个月的时间，现在成了永远的悔。昨天看到庆年在朋友圈说：叶先生，我们欠您一个"过瘾"。

叶先生主要以陶瓷史学家名分行世，但他自己说，在书法上下过的功夫比陶瓷大许多。他也是十来岁便跟随北京四大书家之一罗复堪先生习字，后来又拜过溥心畬、徐悲鸿为师，一生精研书法。他曾经撰文缅怀溥心畬先生，文章末尾，引用了李白的两句诗："萋斐暗成，贝锦粲然。泥沙聚埃，珠玉不鲜。"如今我来缅怀叶先生，想想他的一生，想想世事云诡，也用这两句诗结尾。

老 傅

至少我所交往的那个傅惟慈老人，不像正常老年人那样爱怀旧、重复的话絮叨个没完。他都是聊新鲜事儿，说他新收的钱币、又去了什么新地方玩。跟我打听新人新作品，也关心我写了什么新文章编了什么新书。社会上正流行的大小新鲜事物，他也一概信息在握。聊这些的老傅，一口纯正老北京口音。

老北京不假，他是满族，老姓儿"富察"，号称满洲八大姓之一。按老年间算法，老傅是个八旗子弟。他出生在哈尔滨，父亲毕业于北洋军阀外交部设立的俄文专修馆，后来长期在哈尔滨的中长铁路（长春至满洲里）理事会做翻译。1923 年，老傅出生在铁路局宿舍。周围住着不少俄国家庭，所以他说自己从小俄语说得和俄国小孩一样流利。

"九一八"事变后，傅家迁居北京，从此老傅在北京定居。2014年3月16日早晨因哮喘发作病逝，遗体遵他生前嘱咐，捐献北京协和医院。

1942年秋，老傅考入辅仁大学西语系，得空就去图书馆看英文书，喜欢的课程有李霁野的世界文学史、英千里（辅仁大学创办人英敛之的长子）的英国文学选读。生逢乱世，颠沛流离，先从辅仁转到迁往贵州的浙江大学，抗战胜利后又回辅仁复学，后又转至北京大学西语系。老傅的大学断断续续上了八年，1950年才毕业。

老傅年轻时两大爱好，学外语、看小说。甚至还试着写过小说，用施特劳斯圆舞曲的名字做题目。他曾经说，就喜欢看故事，为什么喜欢看故事？为了学语言。学俄语时读屠格涅夫的《初恋》；后来学德语，喜欢读《茵梦湖》；再以后学英语，读了毛姆全集等越来越多的现代小说。

大学毕业，老傅留校，成了北大留学生中文专修班助教。选择教书据说是好友梅绍武的建议，找个能读书的地方。此后老傅一直在学校，退休时是北京语言学院（现名北京语言大学）教授。他还担任过德国波烘汉语中心讲师、慕尼黑大学东语系客座教授等兼职。

老傅通晓俄、英、德、法等多种语言，译著等身，但他亲口跟我说过不喜欢"翻译家"名头，多次戏称翻译是"文字游戏"。还引用尼赫鲁的话说："人生如牌戏"——发给你的牌代表决定论，你如何玩手中这副牌却是自由意志。纵观老傅一生的翻译事业，译著三四百万字，点很散，并不像傅雷译巴尔扎克、朱生豪译莎士比亚那样专注于一家，这正印证了他的性格爱好、人生经历，以及他的"牌戏论"。晚年的老傅曾出版人生唯一一本散文集，书名就叫《牌戏人生》。

老傅总结自己的翻译生涯分三个阶段——

一、"遵命"翻译阶段。大学毕业时，中国和苏联及东欧国家如同蜜月期，东欧不少国家说德语，老傅德、俄语俱通，人民文学出版社找他翻译了四五部东欧文学作品。1954年，他正式出版了第一部译著，是从俄语转译的匈牙利剧本《战斗的洗礼》。但这并非他第一部翻译作品，早在北大读书时，听西语系主任冯至讲德国文学，他就和别人合作从德语翻译了卢森堡的《狱中书简》，不过五十年代末才正式出版。

二、"主动"翻译阶段。1956年"百花齐放"，文艺、出版相关部门拟定了一份"世界各国文学名著两百部"名单，准备大规模译介出版。老傅一来之前以多部译著赢得出版社信任，二来看到名单上有托马斯·曼的《布登勃洛克一家》，于是主动请命。1957年开译，中间历经"大跃进"，至1959年译完全部六十万字，1962年正式出版。出版后有人质疑他是从英文转译，不服气的老傅紧接着翻译了尚未出现英译本的亨利希·曼的《臣仆》。其实这一阶段，也有正好"遵命"和"主动"重合的时候，比如出版社要求老傅翻译毕希纳的《丹东之死》，而老傅自己也正好喜欢这部剧本，主动请缨。

三、"自由"翻译阶段。"文革"时老傅被迫离开课堂，被贬到语言学院资料室工作。不料因祸得福，有个年轻的外教从英国带回几百本企鹅丛书，其中多为毛姆、格林等英国现当代文学作品。老傅一头扎进英国文学，翻译了不少毛姆、格林的著作。这些书出版上市，已是八十年代的事了。八十年代之后，他的翻译选择愈发自由，随心所欲。主要作品有毛姆的《月亮与六便士》，格林的《问题的核心》《权力与荣耀》《布赖顿棒糖》《寻找一个角色》《一个自行发完病毒的病例》《密使》，奥威尔的《动物农场》，钱德勒的《长眠不醒》《高窗》，卡赞扎基的《基督的最后诱惑》（与董乐山合译）等。

上述这些内容，很像老傅的一份官方生平。是，没错，他是卓越的翻译家，功在千秋。用一个朋友话说，老傅译的格林，那种冷淡的敏锐、刻薄的絮叨和活得不耐烦极了的才华横溢，使任何别人译的格林都没法看了。这种译者让那些坚信读小说必须读原著的人看起来像个笑话。

可是，这不是我最想写的老傅。我想写他从小有颗流浪的心，也不断地付诸实施，直至老到必须坐轮椅。眼下时髦一句话，"一趟说走就走的旅行"，在老傅那儿，从少年开始就贯彻了一辈子。我想写他老顽童一样，爱玩，会玩，整天玩，甚至就连译书，尤其是退休之后的译书，我一直都觉得对他而言，更大的目的是为挣钱，好去更多地方，玩更多好玩的事。

他曾形容自己是 square peg in a round hole，"方枘圆凿"，他将这词译为"格格不入"。他还说："格林的书很多都是以悲剧结尾，其实我不喜欢看悲剧，我希望一切都是美好的，就像鸵鸟一样，宁愿把头埋在沙子里面，但人生路上到处都是陷阱，不管你如何谨慎，还是有走到绝路的时候。"这些才是真正鲜活的老傅。

老 段

这些年，也没什么特殊因缘，老去景德镇，频繁的时候一年三四趟。而四十岁前，我虽一直喜欢青花瓷，平日喝茶也用到不少，却从未到过景德镇，不仅没到过，想都没想过。这两年不一样了，常跟人说，开车去景德镇吧，好东西不少，大肆买。

有个雨天，被困在景德镇老陶院前那条街的房檐下，望着雨幕中铅灰色楼群，听着街上急匆匆跑过的男女老少讲着方言，一边细细咀嚼这个城市，一边想到人生过半，到过多少这样说熟悉不熟悉、说陌生又不陌生的地方，遇到多少说熟悉不熟悉、说陌生不陌生的人，来来去去，走到人生尽头之时，会想起哪些地方、哪些人呢？

就在那次思绪飘散中，想到过老段，这个在景德镇被称为大师的老大哥。当时记忆触发点也挺奇怪，两个青年，像是陶院的学生，在雨中结伴而行，视瓢泼大雨为无物，不疾不徐，兴致高昂地讨论着艺术，不时爽朗大笑。就在那一刻，老段的面容浮现眼前，心流的慢镜头是：和老段也算交往不短时间了，在我脑海存盘中，竟没有他欢笑的样子？再仔细往下深掘，似乎又刨出一两次零碎的微笑，非常克制的微笑。

段镇民大名，在青花瓷艺术圈要算显赫，"九段烧"是景德镇知名品牌，不少收藏家盯着。老段艺术造诣为世人公认，事业成功，家庭看上去也幸福美满，这人生状态，于街头那两个聊艺术的青年而言，就是他们的理想了吧。可是，为什么没有欢笑呢？

认识老段之前，我就被友人拉去过他工作室，当时还没现在这么大，但是柜子里那些精美瓷器令我过目不忘，牢牢记住了"九段烧"。

千里有缘来相聚，有一年，成都的好哥们儿杜兵突然邀我去景德镇。老杜是成都餐饮大王，说在景德镇开了餐厅，和当地人合作。细一打听，原来合作者竟是老段。如此就和老段认识了。

陶溪川，一间旧厂房经过艺术改造，变身"九段本因"餐厅。老段跟我说了餐厅名字的由来，"九段"自不必说，所谓"本因"，缘自他最早工作室就在陶溪川。餐厅正中央，玻璃墙隔出一方天地，是陶瓷工坊，随时有"九段烧"的人在里边描绘青花。用餐的客人如有兴致，大可借助专业人士指导，在预先备好的瓷坯上画点什么。体形庞大的电窑矗立一角，随绘随烧，客人用完餐，转转陶溪川琳琅满目的小店，回来就拿到全世界独一无二的自绘青花瓷了。

老杜、老段带我参观九段本因，我一路转着一边发表看法：既舒适，又雅致。舒适来自老杜的贪图享受，好吃好喝；雅致来自店内随处可见的九段烧瓷器，是真雅啊。老段听了这话说：别急，还要加上你哦！说着把我带到一个拐角，穿过一扇小门，柳暗花明又一村，竟是一个大空间，像阶梯教室，是预留的文化活动空间。老段相约：你常来，讲讲课。我答应，但提条件：每次来跟你学做一样瓷器。老段一把扯住我胳膊，凑到我眼前小声说：你不做我都要找你做，你写书法，我们合作，写点文房，笔筒笔架之类的，我来烧，不过不在这儿，到我工作室，那里设备齐全。

我就去了名坊园九段烧大本营。占地十亩，一看就有高手设计打理过，无论建筑还是庭院都非常现代，又非常合用。老段说：必须请高人设计，必须现代，不能当土财主，不然怎么走

149

向世界啊！

参观陈列室，我在一个仿五良大甫的小香盒前伫立良久，翻来覆去看，边看边啧啧称叹。老段露出非常克制的微笑，没多说什么，只说还行吧。

之后有同行者跟我透露，老段觉得我眼光还不错，那件作品，确是他年轻时得意之作，后来试做过多次，都不如当年做得满意。展厅陈列那件，是他近年高价从日本回购的。

从展厅出来，老段把我领进一间大约六七十平米的屋子，窗下有一张宽大的条案，上边已经备好两排笔筒坯、瓷板坯，还有釉料、毛笔等相关物件。老段说：你瞧瞧怎么样？这是我给你准备的工作室，以后来景德镇，就在我这儿安营扎寨，管吃管喝，楼上有客房，舒服得很，想待多久待多久。

几个月后我又到景德镇，见到老段，他让助手呈上一兜子烧坏了的笔筒，和两块烧好的瓷板，正是我那天当场即兴试写的。老段语气非常歉疚，但又非常坚定地说：实在对不起，正好我出差，没盯住，这批东西烧坏了。我说那就是试写嘛，我连釉料的特性都没掌握好，深一笔浅一笔的，根本就不该烧，我都没为毁了您不少坏料道歉呢……我一副马马虎虎不在意的神情，嬉笑着说出这些话，心里只想着，该吃饭了吧，今天会吃点什么好吃的呢？就在这时，老段突然神情一变，不知为什么，我甚至觉得他有点生气，可又不完全是，总之有凛然之气，语速加快，嗓门儿也突然大起来：我段镇民一辈子从不贪任何人的任何东西，你杨老师写的，烧坏了是我的错，但我也要把这些残品交给你。

后来我曾若干次回想起这一幕，老实说，我到现在也没明白，老段当时为何事触动，竟那般郑重，如此激昂，是我说错了什么，还是我那种马马虎虎打哈哈的态度令他不爽呢？也都不像啊，至今还是谜。不过由此我也领略了老段为人之严谨、性格之耿直，进而想到，九段烧青花瓷，在我看来最大特点就是一扫青花柔美习气，颇具阳刚之美；与此同时，凡属老段出品，最耐人寻味、令人叹服的，就是细节之丰富，简直无可挑剔。艺术一道，行至深处，一定是人、物合一，老段如此性格，才有如此九段烧。

说到性格，老段即便是为数不多的微笑，也无不极其克制，一方面可能是性格使然，但是换个角度，又有另一番解读。修习佛法的人有一说法，修道过程中，契入空性之前，绝大多数人会有个"面目可憎"阶段，是因为那段时间，外表看似云淡风轻，用心方式却正在无比激烈地变革，累世以来的能所关系被打破，人随时都在说不清道不明地较劲，此非常人常态，因此，以常人眼光看去，自是"面目可憎"。老段虽然在外人看来一切成功，但以我观察，他始终还在不懈探索，还想在陶瓷艺术上更向前一步。五十多岁的老段，本来已在艺术山峰之巅，想要再迈进，就是极致，就是物我两忘，就是能所消融，如同脱胎换骨啊，哪还有心思笑呢。

依我看，老段一边想在艺术上深入，一边又为盛名所累，别的不说，光是工作室那么多人，要养活，还要养好，所以老段有无奈的时候。还有一次在景德镇，老段很腼腆地约我去九段烧，"占用你两个小时宝贵时间，帮我个忙"。去了才知道，工作室要跟上时代潮流，不能只靠传统的宣传与销售方法，也要进军互联网，做个公众号。老段名头大，人又好，很快有几个当地媒体的年轻人到老段这里报名，要加入九段烧团队。老段约了他们一起来谈谈，嘱我从旁观察谁能胜任这项工作。

九段烧的茶室，几个年轻人你一言我一语，开始说得谨慎，后来聊开了，各种畅想。老段呢，除了开头寒暄介绍，几乎一语不发。我觉得奇怪，就多次朝他看。他明白了我的意思，开口却是：杨老师说，杨老师说，我做好服务工作，我就管泡茶。明明是老段邀来"旁观"的我，到头来就这么被老段逼成了主持会议者。年轻人聊到动情处，我偷眼打量老段，眼神淡然，失了焦点，面前一壶肉桂，注水已多时，一直没出汤。老段的心不定又神游到何方了，我只知道，那地方一定与陶瓷有关，与眼前谈的这些劳什子无关。

光阴流转，我在神州大地四处游荡，偶尔听到老段的消息，他去法国了，他又得了什么奖，心想着，该去景德镇找老段了，我要在那间明亮的工作室，踏下心来，认真跟老段学学手艺。怎么也没想到，戊戌年正月初六夜里，我刚从南京回到北京，打开微博突然看到：沉痛哀悼，九段烧掌门人段镇民先生因病于 2018 年 2 月 21 日晚 21 时整去世。

那条微博配了老段的照片，照片上的他，倒是我没见过的开朗的笑容。

细想起来，老段与我，互为生命中的过客，真掰手指头算算，拢共也没见过几次，可他这一走，还是让我挂怀，老想起他。直到有一天出门，冬天难得的暖晴天，阳光炫目，眯眼望向空中，瓦蓝瓦蓝的天，一丝杂质没有。那一刻，突然想到我和老段第一次相见，是在景德镇机场，他知道我要从北京来，说好来接我，可他恰恰临时有事要飞北京，我们就在机场出口握了第一次手，匆匆说了几句客套话，然后各奔前程。人生相遇、离别，大抵如此。

宁老师

上高中时正值叛逆期。叛逆也有文武之分，武叛逆上房揭瓦、打打杀杀，做家长的三天两头为孩子闯下的祸各处道歉；文叛逆呢，就像我当时一样，随时阴沉个脸，瞧什么都不顺眼，阴阴地抵触强加在自己头上的任何事，觉得满世界人不理解自己的远大志向。

学校的老师基本都被划在痛恨之列，因为无数"强加"之中，数他们给得最直接、最无情。所以对所有老师，从表面到内心都是个乜斜。人心相通，老师对我也没什么好脸子。这就形成恶性循环，越乜斜越没好脸子，越没好脸子越乜斜。

恶循环中有个例外，宁老师，教语文，同时给我们年级三个小班上语文课。

宁老师将近五十岁，女人那个年纪最中规中矩的短发型，脸色苍白，嘴唇薄，眼睛细小，眉头长年不展，面相挺苦的。也确实苦，"文革"前的大学生，这代人什么苦事儿都赶上了。

好不容易苦到八十年代，同辈人生活都在逐渐好转，宁老师眉头却越皱越深。一来当时中学老师收入水平是社会底层；二来宁老师有对双胞胎闺女，正上小学，其中一个害有慢性眼疾，四处求医问药，既费时又花钱，还闹心。

课上的宁老师平静笃定，旁征博引，生动丰富，颇见"文革"前大学生的功底。课下的她像另一个人，神情常常恍惚，走道跌跌撞撞的。在校园相遇近前叫她，她会吓一跳，像从另一个世界猛地被揪回，亮出苦苦的一个笑容。孩子的病影响学习，这是宁老师深深的心病。

起先，宁老师对我像对其他同学一样，一团和气，极少交流。后来有些转变，起因是我在她课堂上偷读课外书，被她没收了。没收了五六本外国小说后，有天她把我叫到办公室，之前没收的一摞书堆在桌上，她跟我聊了起来。她说这些书都没看过，但多少听说过那些作者，"都算是现代派作家吧"？然后她说，自己大学读的也是中文系，最爱读小说，不过那个年代她们爱读《钢铁是怎样炼成的》、保尔·柯察金，至于我读的那些，她也翻了翻，"不喜欢"。

155

那个下午，语文教研室只有我俩，逐渐西斜的阳光下，各自述说着心目中文学的模样。起初互相斥责对方的品位，后来互相理解，更在某些细节上互相赞同。最后宁老师说："不管怎么样，课上也不该读课外书，纪律问题在其次，你该尊重我，我讲课也不是随便讲的，之前也会花很多时间备课。"

快要高考了，我考试成绩一向差，宁老师私下三番五次地表达了对我的忧心，劝我收收桀骜之心，对付高考才是正道。我不以为然。

有一天，宁老师神神秘秘把我约到办公室，命我把之前写的文章全给她，说要挑两篇有用。她有个大学同学在人民大学当官，分管那年招生。她从同学那里听说有特招名额，就琢磨着把我当语文特长生保送。

宁老师带我去拜见人大那位老师。以我观察，她那同学因为位高权重，一派衙门作风，不招人喜欢。宁老师在他面前却低声下气，还几近谄媚地呈上一份自掏腰包替我准备的礼物。这场面让我受了刺激，我明白，她为了我几乎付出尊严。出了门我对她说：您放心，不用求他特招，我一定会考好。

拿到大学录取通知书那天，我骑车向宁老师家飞奔，要向她报喜。来到她住的大杂院，远远听到她家里传来斥责之声，是她正在训斥双胞胎姐妹学习成绩差，语调语气之复杂至今难忘，又气又急，又努力隐忍着，半像发脾气，半像哭诉。

那一刻我不知如何踏进这扇门，一个苦痛无边、隐忍半生的母亲形象，和一个如同母鸡孵小鸡一样呵护学生的老师形象，在我脑海中重叠、错位、交织，变幻莫测。

乌老师

乌老师是山东人，四方形鼓鼓脸，眉毛重，眼睛大，五官轮廓清晰，厚道淳朴之相，正是齐鲁男人的特征。

我读大学时，乌老师教我们文学史。不只他一人教，好几个老师，依照各自不同的研究方向，组合成四五人的教学小组，轮换上课。有人讲重要作家，有人讲文学社团，诸如此类。乌老师负责的是最不重要的一段，一看就是别人挑剩下的。一半因为乌老师脾气好，随时笑眯眯，谦恭的样子；另一半原因，乌老师是个工农兵学员。

那是八十年代中期，恢复高考后培养的第一批硕士、博士已经执掌教鞭，他们是地地道道的天之骄子，而工农兵学员转眼间变成学问差、能力弱的代替词。没人再去想，新培养出来的这些硕士、博士当初走进校园，第一个接过他们手中行李卷的、第一任他们的班主任，都是乌老师这样的工农兵学员。

乌老师们吃了时代的亏，但又谁也怪不得。被人蔑视，也只能把那些鄙夷的目光和轻浮的议论吞进肚子里，找背阴处自己慢慢消化。平日里还得时刻保持谦虚谨慎状态，处处行事小心翼翼，不然会更被轻视，甚至被骂。

学校开始新一轮职称评定工作，教授、副教授的名额拢共没几个，僧多粥少。乌老师在这个学校教了小十年书，还是个讲师，而他的学生中已经好几个教授。有天下了课，我正往宿舍晃，乌老师骑车追上来，寒暄半天，几次欲言又止。最后终于忍不住开了口：我申报……评教授……据说……这次要听……学生意见，你帮写一份……话没说完，乌老师脸已涨到通红，大大的眼睛直往下耷拉，羞得什么似的。

那次评定的结果，乌老师的学生中又有几人成功晋级副教授，他落选。他邀了几个给他写意见的学生，到实习餐厅聚餐。他说，早想感谢，可评选结果不出来，怕有贿赂之嫌，没敢。

乌老师一如既往地笑眯眯，一如既往地教最不重要段落，一如既往地骑着那辆擦得锃亮的自行车，在校园穿梭。隔日我们上大课，看到乌老师也在教室最后排的犄角处坐着，低着头。上课铃响，讲课师进来，照例扫视全体同学，算是与学生互致注目礼。扫到乌老师时，讲课师一愣，继而微微颔首。我回头看，乌老师正尴尬地笑眯眯。这位讲课师是他的学生之一。

课后我问乌老师，任务？互相听课评判？乌老师笑眯眯地答，不是不是，来取取经。到底是博士，讲得真是好。

我们毕业了，我去一家出版社报到上班。斗转星移，人越来越忙碌，大学生活的点点滴滴抛到九霄云外。一天傍晚，正在办公室收拾东西准备回家，突然有人敲门，竟然是乌老师。

寒暄之后，乌老师几乎是嗫嚅着表达了来访目的——又一轮职称评定开始了，系里说了，乌老师一把年纪，没功劳也有苦劳，无论如何解决一个副教授。不过乌老师硬件不合格，没有学术专著。可这么多年下来，没写就是没写，再说什么也来不及在一两个月里写出一本专著啊。于是系领导又说了，编一本什么吧，系里睁只眼闭只眼，照顾一下。

乌老师说完，从随身携带的一个旧旧的公文包里掏出两个厚厚的档案袋，袋子里是乌老师编的书，一部文学作品赏析集。乌老师说：我知道这书没人买，不能让你为难，我准备了三万块钱，就算自费出书，行么？

望着乌老师满是期待表情的那张脸，我使劲点点头。乌老师脸上顿时绽放出欣喜的光泽。又从包里掏出一个信封递到我手上：辛苦你了……这个……一点意思……

乌老师又一次话未说完，脸红到脖子根儿，仓皇欲逃。我一把揪住他，信封硬塞回他手里，什么也说不出来。这时，乌老师重重重重地叹了一口气。

杨大姐

去年几个朋友合伙儿做善事，修缮京郊的一座古庙。为此招了几个工作人员，看院子的，管账的，养花种草的，还有做饭的。

做饭的是位老大姐，姓杨，梳两根大辫子，已经有些花白。说话底气足，声若洪钟，步伐铿锵有力，完全不像一个快六十岁的人。

杨大姐是朋友介绍来的，来前通电话，我说这边属于公益性质的事，所以薪水微薄，请她好好考虑。电话那头干净利落脆的一口纯正京腔：不是个庙嘛！我喜欢！我就喜欢庙！明儿你在么？我几点到合适？

第二天下雨，早早跑到庙里等杨大姐。下午四点了还没信儿。正琢磨着因为下雨，可能人家计划有变，人到了。全无初次相见的尴尬，杨大姐像老朋友一样说："雨还真大，我从房山过来的，路远啊，等急了吧？"

杨大姐随身带个小包袱，随便一搁就要求带她在庙里转一圈："熟悉熟悉情况，尽快投入工作。"我说不急，您先瞧瞧，满意了再来。杨大姐两眼一瞪，愕然的样子："什么意思？你不是找我来做饭么，怕我做得不好吃啊？我之前在房山也是跟庙里做饭，人吃人夸，不信你打听去。"我赶紧说，不是那意思，是要看您愿不愿意。杨大姐说："没见我包袱都带来了！这么着，你先带我转一圈，回来我就做晚饭，反正也到点儿了，你吃吃看，要行，就给我安排个床，打今儿起我就住这儿。"

在庙里转悠时，杨大姐不停赞叹：好地方啊，清静啊，太喜欢了。转到后院，我指着一座塔说，史书记载这是华严宗某祖师塔……话音未落杨大姐猛扑上前，咕咚就跪那儿磕了仨响头。站起身来，膝盖上两摊大水印，雨还没停呢。

那天晚上杨大姐做了面筋青菜汤，炒了个蘑菇，外加一盘红烧豆腐，我们几人吃得碗净碟光，啧啧赞叹，心想难怪杨大姐那么自信。

我不常去庙里，偶尔去，甭管啥时候，都见杨大姐在忙活，有时在厨房，有时在院里拣石子儿，归整草坪，给各种树修枝剪叶，一刻不闲。见了我必迎上来打招呼，若是逢上饭点儿就会问：吃了么？后院有种的小青菜，揪两棵给您下碗面？

一天傍晚，杨大姐手里择着菜，和我坐在院里聊天，话赶话儿地聊起她的家世。地道北京人，一辈子心对口、口对心地活着，一件自私自利的事没做过。以前在个工厂上班，商品大潮来了，厂子倒闭了，就到房山一座庙里做饭，既是为稻粱谋，也圆了自己的梦。她吃斋念佛几十年了。杨大姐总结自己，唯一毛病是脾气不好。之所以如此，她说因为自己是个老姑娘，一辈子未嫁。从小梳辫子，从未改过发型。说到这里，一向泼辣大气的她，一反常态突然娇羞起来："老姑娘都会有点脾气，您别见怪。多亏天天念佛，天天吃素，要不脾气更大了。"

冬天头场雪后，杨大姐找我，简洁明快地说，侄儿媳妇要生小孩，让她去伺候月子，要离开我们了。说完又多解释了一句："我特喜欢你们这群人，特喜欢这地方，可是岁数大了，得为将来考虑，自己没孩子，真得指望这侄子啊！"言至此处，杨大姐突然沉默。

杨大姐又带着来时带的那个小包袱走了。送她的人说，临行前她到庙里各个殿各磕了三个头。

164

小　张

小张是个理发师，我找他剪头发好几年了。

理发师这称呼太传统，时兴的叫法是造型师。遇上我这样只理发不造型的，小张挣不了什么钱。好在有的是讲究人，烫发染发，要做标新立异的发型，自己又老拿不定主意，这时就需要小张帮着设计并完成。

小张驻足的这家美发店生意好，过年都不歇业。老辈人的讲究，正月里不能剪头，所以正月里能开的美发店，定是客人足够多，总有人不在意那些忌讳。

几年前我搬到新居，一切收拾停当，看看满头灰，就下楼冲进这家店。洗完头，正巧小张闲着，就请他帮我剪。小张问：怎么剪？我说：没型儿，您看着办。剪完回去家人猛夸，说好多年没剪出这么精神的头啦。从此就固定找小张。对此我多少有点煽情的想法，觉得万丈红尘中，一朝相遇即有默契，自有因缘。

店里大约七八个大工，洗头的姑娘一律管他们叫老师。老师当中小张很特别，其他人都特有造型师的样儿，高高瘦瘦，腔调女里女气，却又肌肉突显，一股健身房味儿。小张不是，个子很矮，敦敦实实的。他是四川人，遗传的原因吧。也一点不女气，浑身圆圆的，但又不显胖，眼睛大，滴溜乱转，随时都在动心眼儿似的。

小张心眼儿是不少，比如别的师傅都不太在意剪发台的整洁，小张剪发的空隙，会用吹风机吹掉台面上的头发楂儿，永远干净利索。别的师傅都喜欢在台面上摆个获奖证书、奖杯，或者和某位明星的合影；小张也摆，有个2004年得的什么造型大赛的季军奖杯，还有和歌星杨坤的合影。但是小张不甘于随大溜儿，身边的墙上还挂了一幅书法作品，一个大大的"发"字，既指示了行业特征，又代表了发财的美好愿望。

有一阵儿小张老不在，问那些姑娘，她们颇带艳羡地说，张老师自己当老板啦。原来小张拉拢一个老乡，筹了钱跑到南城开了自己的发廊。仔细一看，果然原来的剪发台边少了那个"发"字。我心想，小张这回真要发了。

找小张剪惯了的头发，在别的师傅那里总也剪不如意，其实大半是心理作用。正难受呢，突然就有一天，小张站在我身后说：还是我来吧。

小张一边给我剪着头发，一边感慨生意的难做、老板的难当。他说自己的发廊客人太少，难以维持，关了。

小张虽然吃了回头草，比原来还是上了台阶，美发店新辟了一间贵宾室，由小张主持。贵宾室的价格是大堂的两倍，但找小张的回头客依然络绎不绝，那个"发"字被挂回贵宾室最显眼的位置。小张的眼睛还是天天滴溜溜乱转，像是又在盘算什么新计划。我跟他开玩笑，下次再走通知我一声，别又不辞而别。小张连连说好。

小张还是食言了，今天去剪发，一进大门老板就笑着说，小张又走啦。我还有点不信，兀自踱进贵宾室，果然"发"字又不见了。这次小张没有跟店里交代去了哪里，是自己又开新店了，还是改行干别的了？无从知晓。回家路上，一边摩挲着老觉得没剪整齐的头发，一边想，如果哪天在街头和小张邂逅，希望他的眼睛还是滴溜溜乱转，那就表示，他还在向前进。当然，如果目光自信而笃定地告诉我，墙上挂的那个字已变成了现实也不错。

小 罗

前两天路过琉璃厂，才知道那条路早已被拓宽，原来路口有座敦实笨重的过街天桥，要算标志性建筑，不知什么时候也被拆了。

由那座桥，想起小罗。十几年前，桥修成揭幕的那天，小罗骂了人。

那座桥下有家店铺，小罗是店里的售货员，分管笔墨纸砚、篆刻印石、画册书籍三个柜台。我住虎坊桥，离得近，又正在跟一个老先生学写字，所以常从他那里买点东西。第二次去买的时候，他一脸诚恳地笑着问：您真勤快，上回那卷毛边纸，这也就十来天吧，都写完啦？我当时一愣，心想他怎么知道？过后感叹这小哥记性好，天天手下几百单买卖，对客人居然过目不忘。

类似这样颇显老派的优良作风，小罗身上很多，例子举不过来。一言以蔽之，就是得了琉璃厂老店温文尔雅、尽心尽责好风气的真传。

刚开始，我和小罗的所有交道都在三尺柜台前，每次不过一两分钟。最多叨唠两句何年的墨纯，何地的纸好，从无多余家常话。他姓罗，还是听店里别的伙计叫他才知道的。

虽然没唠过家常，眼睛耳朵可没闲着，时日一久还是大略知道些他的来历。比如小罗的口音和我认识的一位老作家一模一样，老先生是河北人，所以小罗也肯定是。再比如，逢年过节店里伙计倒休，别人换来换去，小罗却从不缺席，由此我又认定，小罗和家人的关系可能很紧张，十七八岁，正是叛逆期。

后来证明，后一条猜错了。

那年除夕，起大早去小罗店里买点红底洒金纸，准备回家写春联。琉璃厂家家户户张灯结彩，一派节日气氛。还在店外，就见小罗站在柜台里，愣愣地在看门口一个大爷抖空竹，神色有点忧郁。可我一进店，他脸上迅速绽放职业的微笑，与此同时，一声"过年好"脆生生在耳畔响起。

碍着过年的喜庆，我纯属客气地问：不回家过年啦？

小罗手指敲敲柜台：这儿就是家，当伙计的，没资格回家过年。

我又问：爹妈也落忍？

小罗说：爹妈早不在世啦。

小罗这样说时，仍是笑着，但我一时语塞，心里明白那笑全是为我，只为我是他的顾客。在小罗这样的年轻老派讲究人心底，对顾客只能有一种态度，就是伺候。

这样的小罗，如果不是亲眼所见，我绝不相信他有朝一日会骂人，而且骂的就是顾客。

过街天桥通行那天，我又去买纸。小罗正忙着接待一位阔太太模样的顾客，耐心细致地向她展示各种熟宣，柜台上已经摆了好几卷。

阔太太操着台湾腔国语，无论小罗拿出什么纸，都碎嘴唠叨尽情抒发着不满，嗓门很大。小罗一点不怵，在阔太太支使下，继续爬上爬下往柜台上摆宣纸，逐一详细介绍。正在这时，阔太太不知什么来由突然爆发，猛然把手中一卷宣纸朝地上一胡噜，同时鄙夷地对小罗说：都是些擦屁股纸，太烂了嘛，还要来骗我说有多好！

全店的人，连店员带顾客，都清清楚楚听到了阔太太的吵嚷，老板赶紧过来一脸堆笑询问出了什么事。此时的小罗，忽略过老板，双眼严厉地盯着阔太太不放，腰却弯了下去，把地上的那卷纸拾起，拍拍上边的土，一字一顿地对阔太太说：我在这店里，阅人无数，纸是有灵性的，它会记住你这张臭嘴！

小罗虽没上过几年学，可"阅人无数"这样文气的话，平常在他口中时时进出，颇有古风。而在如此古风的衬托下，"臭嘴"这样的话，就算小罗最恶毒的骂人话了。

从那以后再没见过小罗，听说他从那家店辞了职，回了老家。

小　月

小月是我家的小时工，四川姑娘，二十七八岁，眉清目秀的，喜欢笑。她每周来我家两次，擦擦地抹抹灰。有时候忘了洗的碗碟堆着，她也主动洗了。听她说，在别的人家还管做饭，"那家人还挺爱吃的"。

我老睡懒觉，有时小月按惯例时间来，敲门没人应，就先下楼溜达会儿。再来开了门，笑盈盈问一句：刚起吧？说完闷头干活儿，一点不责备我耽误了她的时间。

小月昨天来时，身后跟着另一个姑娘。小月说，大哥我要走了，以后她来替我行不行？

新带来的姑娘，是小月的嫂子。小月一家人，好多都来了北

172

京，都在这小区周围做工。每次小月来，我会趁家中正乱，请楼下小卖部的人来换饮用水、回收旧报刊什么的，来人一进门，小月常常用家乡话跟他们打招呼，很熟的样子。后来知道，换水那小伙子是小月在家乡的邻居，收废品那大哥是小月的姐夫。

小月拎着块抹布忙里忙外时，我一般在书房上网，任她在外边折腾。收拾到书房，我就起身给她腾地儿，偶尔闲聊几句。

小月说，有个儿子在老家，该上学了，她跟老公远离家乡来北京打拼，为的就是孩子能好好上学，上大学，然后过上好日子。小月说，说是打拼，其实比在老家清闲多了，在那儿天天起早摸黑下地，收成还没准儿。在北京呢，每天都能睡足觉，挣得比家里还多得多，到冬天，带好几千块钱回家过年，乡里乡亲可羡慕了。

小月说，平常尽干活儿了，不太想儿子，"爷爷奶奶看着呢，放心"。小月说，固定服务的几家人，对她的工作都特别满意，她也挺自豪。小月说，白天都排满满的，晚上清闲点，就打打小麻将。

小月说这些时一直低着头，手上活儿不停。不过，低着头也能感觉她在笑。

我问，血战到底的四川麻将么？小月这下很惊讶地抬头问：对对对，你也玩吧？

小月下个月要走了，我问她，在这儿不挺好的嘛，干吗要走啊？回老家？她说不是，要去广西，因为老公在那边"开了个门脸儿，忙不过来"。

小月的老公也在小区里做过工，工作好像和电梯有关。小两口经过两年的辛勤劳作，攒了点儿本钱，小月老公颇具开拓精神地远赴广西，开了个门脸儿，自己当老板了。做的生意，是废品收购。

小月说这些的时候，笑得更灿烂，想来一是因为老公有了新事业，一切充满了希望；二来好久不见了，就要久别重逢，打心里往外乐。

今天读报，正巧提到小月的老家，是个国定贫困县。想起大约十年前我去广西，因为是国务院扶贫办的一趟公差，所以一直在桂西北的国定贫困县东跑西颠。当时政府费了牛劲，帮山区赤贫人口建设了新家园，有水有电，可是到了搬迁的日子，村民们谁也不愿离开原来的家。县领导亲自出动，逐个哀求，最后甚至不得已，佐以小小的威胁。

那场大迁徙的场景，当时看了唏嘘不已。山民们排成两列散了架的纵队，人人一步三回头，回眸昔日家园，泪洒不长庄稼的峰丛洼地。

由此想到，那些人如果像小月一样，到城市"打拼"一段，又将如何？可是那些眼泪又让我想到，离开家乡，对他们而言，难说是好是坏。

小　郭

小郭今年二十八九岁，已经成了郭总。

最早认识小郭，是因为他和小张谈恋爱。小张是我们出版社照排部门的录入员，眉眼大大松松的，好媳妇样足足的。再早记不清了，最晚九六年，我编《中国作协第五次代表大会文集》的时候，一直是小张帮我改稿子。因为是文件汇编，一个字马虎不得，前后改了七稿。小张有耐心，一遍遍不厌其烦，一直笑脸相迎。

那阵儿经常加班，一过晚饭点儿，小郭就来寻小张。小郭当时在这个城市另一头的另一家出版社照排部门做事。小郭来了，我的肚子就叫了，提醒自己该下班了。还有，就是别当电灯泡了。

小郭见我们在工作，就坐在小张旁边，抄起本书看。小郭戴眼镜，看着比小张爱看书，也比小张看着有主意。小张好像对小郭这一点非常欣赏，跟我说过：小郭可爱看书了。

后来小郭和小张开始谈婚论嫁，与此同时小郭决心创业。小郭和小张在一个大杂院租了两间平房，买了几台电脑，拉了几个我们照排的小姑娘，也支了一个照排车间，公司名字是小郭起的，叫"步步赢"。

小郭和小张有一天来找我，一脸腼腆说：往后照顾我们。我说没问题。从那以后，我的书稿基本都在小郭那里录入。好多作者都跟我去小郭那里改过稿，比如石康第一次出书，就开着他新买的白色捷达到那平房去过。

小郭用笨功夫，别人不毛校，他毛校，所以错误率极少，小郭服务又好，随叫随到，大礼拜天，骑着自行车满城转悠送校样。慢慢地，小郭的生意就多起来，好起来，服务还是一如既往的好。

小郭生意扩大了，租了楼房，又换了更好的楼房，老是在搬家。开始是两间，后来是三间，再后来是四间。小郭把亲戚接来了，把邻居接来了，最后把妹妹也接来了。再后来，小郭就成郭总了。

后来我在单位当了个小头目，自己极少动手做稿子了，和小郭只在单位楼道里偶尔打照面。小郭每次见我都特别客气，害得我每次都得跟他说，别老这么客气。我和小郭，虽然没有生分，但终究越来越不容易见着了。

今年夏天，我又忍不住手痒自己动手做稿子，自然去找小郭。电话打过去，小郭说又搬家了，在华阳家园。去了看，一套三室两厅的大房子。小郭陪着我在屋内参观，努力压抑住内心的自豪说：我买下来了。话音未落，小郭妹妹走过来，身后牵着个一岁多的娃，竟然早已结婚生子。我正逗弄孩子，小张听到我的声音，也从里屋出来，挺着大肚子，满脸笑。

今天零星雪花飘落，我又去小郭那里改稿子，进门就有人说，郭总出去了，一会儿就回来，请您稍等会儿。小郭的妹妹从里屋出来，见我特别亲，听说我还没吃饭，赶紧张罗着跑到厨房下了一大盆饺子，吃得我快撑死。我问女小郭：嫂子生了吗？她说：刚生刚生，和我儿子居然是同一天生日，都是12月3号。

看着女小郭甜美的笑容，看着小郭创下的基业，一时感到时间之河在窗外的雪花中流过。

小 奚

三年前，我买了现在住的这套单元房。当时促我做决定的，表面看很多原因，喜欢板楼的南北通透、房价在可承受范围之内，等等，再往深里说，也是因为十几年来一直在西坝河周边打转儿，先柳芳，后三元桥，再左家庄，一通颠沛流离下来，和这条河日久生情，所以看到这楼的影子能投到河里，当即动心。不过这些都不是最后的决定因素，最终让我下决心的，是小奚。

小奚是这个楼盘的售楼小姐，快三十岁了，长得美，身材也好，看她接待顾客，举手投足都很有型，一看就是售楼行业的资深人士。头次见小奚，她向我做介绍，声音软软的，虽然职业气息浓厚，但有自己的独门修炼在里头。反正我就被迷住了，随她坐到宽敞的售楼处大厅，隔着巨扇的落地玻璃窗，面对秋日里绿草茵茵的日式庭院，小奚请人现煮的咖啡在面前冒着热气，我心里明白，如此一来，有效营销时间已被小奚全盘掌控。

小奚无意间说起，自己也在这楼盘买了个一居室，我听了心里一亮，不过表面装作若无其事，却开始反复地、多角度地确认她买房这一事实。我的道理很简单，她卖过那么多楼盘，最终选择了这里，肯定错不了。

之后来来回回办手续，直到住进新房，小奚不管多忙，都尽量陪着我。其实对她来说这单买卖已经结束，大可不必亲自跑来跑去。我心存感激，本来也愿意和她聊天，渐渐熟络，对她的了解也多起来。

小奚是新疆的汉人，独自来北京闯荡很多年，一直不太顺，对工作认真到较劲的程度，和人交往却不太会来事儿，不会花言巧语，也不太开玩笑耍幽默，所以只能硬碰硬，全凭实在取胜。她的这些个性我都看在眼里，所以有一次我突然问：你是摩羯座吧？她很惊讶我猜得准。

我和小奚前后脚住进新家，小区不大，常碰上，就站着聊几句。她好像越来越忙，每次说不了两句，就被随时攥在手中的手机来电打断。有一次我开玩笑说，买卖兴隆啊，不过要多留点时间给自己，该找男朋友啦，摩羯座可是以感情生活不顺利著称的。

不想小奚听了这话，立时有点走神，眼圈慢慢红了。我意识到说错了话，因为早从她的片言只语里猜出，她有相恋多年的男友，不知为何始终没有结婚。当时场面有些尴尬，还是小奚打破了僵局，没头没脑地说了一句：一切看缘分吧。我也赶紧找补道：我还知道好多摩羯座的优点没告诉过你呢，这星座的人，大器晚成的多，兴许你明天就该升职啦。

没过多久，小奚真的升职了，成了整个楼盘三期工程的销售主管。消息我是从别处得知的，专门打了电话祝贺。小奚道谢，语气很沉稳。

从那以后再没见过小奚，许是终于结了婚，从这小区的一居室搬到更大的房子里。有时晚间站在落地窗前，俯瞰整个小区的万家灯火，我会一扇窗一扇窗地数来数去，猜想哪一扇窗背后，曾经有过小奚活动的痕迹。

小　童

小童生在淮河边的乡村，不到二十岁就嫁了。丈夫是邻村的，身强力壮，干农活儿的一把好手。可惜他们最有力气的时节，淮河两岸全是盐碱地，庄稼怎么精心侍弄也长不好。人口还密，就算盐碱地也不够种的。社会上兴起外出打工潮，小童男人卷了铺盖就奔了北京，留下小童和刚一岁的儿子。

儿子三岁那年，男人在一起电梯事故中丧生，小童傻了。除了种地带孩子做饭，小童不会做别的。最好的生存之计是再嫁，可农村瞧不起孤儿寡母，再说，恨不得全村男人都出去打工了，就算小童想再嫁，也寻不着人。日子还得照常过，上有老下有小，小童成了全家的顶梁柱。

勉强撑到儿子六七岁，家里实在穷到难揭锅，小童跟婆婆商量了好几天，一天清晨鸡刚叫过，小童卷了铺盖也奔北京。身后儿子哭得死去活来，小童忍住了没回头。

先在饭馆里做小工，包吃包住，每月还有几百块钱。住的就是饭馆地下室，平时就潮，一下雨更是满坑满谷的水，每逢这时，小童哪怕正和儿子梦乡欢聚，也得立即爬起来，抄起床底二十四小时常备的塑料桶往外舀水。还不到三十岁，小童的腰经常酸得受不了。

小童有时看看偌大个北京，能容下她的，居然只有地下室那一条三尺宽的床铺，也心生豪气，一定要闯出条道，至少不再住地下室。小童不放过任何途径，试图换工作，可她吃亏就吃亏在没文化，小学只上了三年多，甭管什么雇主，一听这个头摇成拨浪鼓。小童几次差点给人跪下了，仍然啥也没改变。

过年了，别的工友都回老家，小童想想来回路费够儿子在家乡上一年学的学费，就死忍着，一忍就是两三年。

有一天，饭馆里有人酒后闹事，工友被打伤，小童送他去医院。交药费时，小童听到两个和她差不多年岁的女人正用她家乡话打打闹闹，心头一热，上前搭讪，很快三人打成一片。

当天晚上小童向饭馆老板辞了工，卷铺盖来到两个同乡的宿舍。也是地下室，不过位于三层地下室最接近地面的一层，没有那么潮。小童兴奋得一宿没睡，向往着她的人生新篇章——和那两个同乡一样，她要做一名照顾病人的护工。

一晃四五年过去了，小童照顾了从外科到内科大大小小几百名病人，成了那家医院里人见人夸的护工。常有病人私下里夸她：你比那些小毛丫头护士强多了，她们懂的真不如你多呢。小童会说：那有什么办法呢，人家有文化。

小童心细，几年护工做下来，摸熟了医院的上上下下，找到新的挣钱门路。急诊观察室和住院部病房不同，病床一个挨一个，挤死了，流动性又大，而偏偏这时候病人离不开家属。守夜的家属无处歇没处睡，一片东倒西歪。小童盘算好多天，最终投资几百块钱，买了五把躺椅，病房里一有空闲，就跑到急诊室里来回蹿，把躺椅租给病人家属，一宿十块。居然备受欢迎，没隔半年，小童又买了五把躺椅。

慢慢生活宽裕了，小童搬离了地下室，也舍得花钱回家看儿子了。春节，小童买张站票，一路站到家，大包小包的，没什么值钱东西，可都是小童辛辛苦苦攒下的。婆婆越来越老了，儿子呢，穷人的孩子早当家，才十四，已经成了男子汉。夜深人静时，小童跟儿子说：好好念书，千万别学妈，长大了到北京上大学，妈给你攒着钱呢。

小 岳

好多女孩夸的年轻帅哥，大多数男人，尤其稍上点年纪的，都不以为然，他们一脸疑惑问那些女孩，你们管唧唧索索的"清秀瘦神经"模样叫帅？

可是小岳确实帅，女的男的都这么觉得，包括上点年纪的男人。

小岳老家是东北的，很早离开家乡来北京，后来又到国外待了段时间，再回来，大家常诟病的东北人缺点一丝没有，常夸的东北人优点样样齐全。举例说吧，都说东北人特爱假仗义，小岳真仗义；都说东北人神经大条粗粗拉拉，小岳心细如发，一帮人一起玩，只要小岳在，没人觉得受冷落，当你不适时，小岳必发现，且必设法带你融入，这一切还都做得天衣无缝，绝不会让你有受到特殊照顾的感觉而更不自在。

小岳的职业是厨师，可不是一般厨师，二十来岁就在北京租了个时尚地界，和女友开了家西餐厅。女友管经营，他做大厨。小岳一门心思钻到菜式菜品上，菜谱上的当然早不在话下，但那非他志趣所在，他每天每时琢磨着怎么推陈出新，怎么发明新菜，总之钻在厨房不出来。我们这些朋友去了，他客客气气出来打个招呼，一分钟用不了就回厨房。我们都明白，他的心思全在那儿，没一点空间留给我们这些闲杂人事，从不怪他。

菜好，人好，装修好，有情调，餐厅很快红了，不少时尚杂志来拍摄，不少俊男靓女将它列为聚会首选餐厅。

可是好景不长，小岳小两口毕竟年轻，成长环境单纯，心里从不设防，总往好处想别人，结果因为那片房子拆迁，餐厅的生意不得不戛然而止。拆迁之事房东早就了知，但没告诉小岳。

那段时间，小岳像遭霜打似的蔫了，原来脸上时时挂着的由内而外的笑容，变得越来越勉强，脾气也偶尔躁起来，再碰一帮人一起玩，小岳自己能融入人群不闹个性就不错了，再无暇照顾他人。

有真本事真理想的人，从不怕挫折，可能一时萎靡，但不会纵容自己萎靡下去。没过多久，小岳心里默默地列了计划。总的原则是不能闲着，闲懒了再想启动就难了。他给自己是这么安排的：老想学吉他，趁此机会找个好老师，赶紧学起来，将来忙上了，怕没工夫呢。餐厅还要继续开，有了上次的经验，这次一定要谨慎，多找几个地方备选，不到万无一失，决不轻易下手。再有，一件巨大无比的事——和女友相恋好几年，结婚吧，办一场热热闹闹的婚礼。

那年金秋十月，小岳的婚礼在京郊一座农庄举行。小岳身材、相貌都太没挑了，有足够的本钱穿了一身白西服，配上新娘子雪白的婚纱，别提多美了。宣誓的环节，小岳深情地给妻子戴上戒指，然后握着她的手说：练了半年的吉他，最大的梦想就是有一天能为你弹首曲子，现在我弹给你听，练得还不熟，可别嫌弃我。一曲《月亮代表我的心》曼妙地响起，新娘子眼泪哗哗的。

来年春天，小岳千挑万选，贷款买了一个胡同里的小院，献上所有热情、才智和劳动，从里到外彻底翻修，西餐厅重新筹备，店名不变。到了夏天正式开业，当年活跃在老店的顾客，又从北京城的四面八方分期分拨聚集过来，常常听到店里原本并不相识的互相打招呼：嘿，您也来啦！嘿，可不嘛！

小岳又一头扎进厨房，更不爱出来了。菜品翻新的速度更快了，每道新菜头次上桌，都是小岳亲自端着，像艺术家的作品首次披露，有兴奋，有忐忑，有期待……然后就听见赞美。

餐厅一角，竖着小岳心爱的吉他。开始几天还见他不时弹弄，渐渐地，随着店里越来越忙，小岳经常十天半个月都顾不上摸一下。又过一年，小岳的女儿诞生，那把吉他从此消失了。

小 周

小周是西北人，单从身材看，倒像来自江南，瘦瘦小小，戴副黑框眼镜，喜欢读书，是个斯文的年轻人。

读书读到高二，小周渐渐对周围人事生厌，横竖心气儿不顺。十五六岁，正是每个少年的叛逆期，都觉得世界欠自己的。面对叛逆，大多数人在心里骂骂咧咧或者自怨自艾地忍了；小周呢，别看平时沉默寡语，脾气却蔫暴蔫暴的，突然有一天就弃学了，没敢和家人明说，留了封信，悄悄买了火车票来北京闯荡。

先到一家保安公司应聘，薪水微薄，好歹管吃管喝管住，只求先站住脚。小周身体单薄，还戴副眼镜，显然在保安行当里不吃香。可是小周稳重、少言，不挑活儿，见人先笑三分。时日一长，老板逢人便夸小周，同时自觉自愿地替小周谋划新出路。终于有一天，经老板介绍，小周跳槽到一家文化公司。

新公司在北京西山有座宅院，是公司的内部会所。院子几十亩地，平日需要有人打理、看护。小周吃住都在大院里，日常工作就是一早一晚巡视院落，遇有客人来，帮忙端茶倒水，人走了，打扫打扫，挺清闲的。西山空气好，院里又安静，整天只听到喜鹊满枝叽叽喳喳，人声车声像被彻底隔绝，上千年的白皮松树上，小松鼠欢腾跳跃，小周有时站在树下和它们逗着玩，一玩小半天。

头半年，小周一边享受着这种清闲，一边老觉得哪儿不对劲儿，有点躁动——年纪轻轻，怎么能过这种退休老头儿的生活呢？是不是该去职场拼个你死我活，寻求更广阔人生才对啊？时日一长，小周看法有了变化。

公司从上到下文化人多，平日来会所的人，也都知书达理，谈吐文雅。小周在一边伺候茶局，大家谈话也从不避他。经常客人走了，小周巡视院落完毕，回宿舍上了网，把刚才听到的人名、事件搜索一遍，不时就有"听君一席话，胜读十年书"的感慨。学识在丰富，见识在进步，小周觉得这正是自己想要的东西。

公司领导是个佛教徒，来往的亲朋好友也不少同道中人，偶尔还会有些僧人来做客。听他们聊得多了，小周渐渐对佛法生了兴趣，悄悄在网上读些佛经。读着读着就读进去了，索性开了个博客，每天用电脑键盘，把佛经一句一句抄进博客，时时温习。

有一天，有位出家人来会所讲课，小周在后排旁听，不知怎么的，越听越觉得浑身都在使劲，一句话憋在喉头直要往外冲。下了课，喝了茶，吃了饭，出家人要走，小周送他到门口，那句话终于说出了口：我想皈依三宝。

几天后小周成了一名居士。那天晚上，小周打开自己的博客，一反只抄经不涉其他的惯例，写下这样一段话："每天都在看佛教书籍，虽然时日未久，所获有限，但尝一勺而知大海之味，让我感到佛法的高深圆润、博大精深……但是在我很多朋友眼中，却以为我是悟迷了，走到了消极逃世的路上了。关于这一点我不想过多地辩解，这个社会，任何人对自己的行为都是自以为是的。我觉得信佛是对，别人笑我信佛也是对。既然这样只能说：迷者自迷，悟者自悟。"

春节到了，院里其他工作人员都要回家过年。小周左思右想，盘算半天，决定不去挤那份春运，留守会所，既可以省点钱，也好趁着没人，密集学习，争取新年新气象，有个新突破。当然，家还是要回的，两三年没见父母了，春暖花开的时候，自己就满二十周岁了，回家过生日。

老 钟

初见老钟，在一辆老式上海牌轿车里。他五十多，我十二三。他在开车，目不斜视。我蹭车，坐在副驾驶位，东瞧西看。后排坐着个文艺界的领导，闭目养神。老钟是专职司机，服务对象就是后排那位。

领导比老钟大十岁，经常看电影，那是他的工作之一，审片子。老钟也场场不落，领导坐最好的位置，老钟溜边溜角找一旮旯儿，沾光看。很少看全，瞧着差不多结尾了，老钟赶紧摸黑走出放映厅，到停车场将车发动了，夏天先把冷气打开，冬天先把暖风开着，候着。老钟觉得这是一个司机必须做到的，工作就是这个。

老钟略胖，四方饱满的脸，四方饱满的体形，一看就是敦厚老实人。话少，但不闷，不管别人说什么，都跟着笑。有时大笑，有时微笑，很丰富，千言万语都能靠笑表达似的。这种人最适合给领导开车，瞧着有忠心，又不寡淡，从他嘴里撬不出半句领导的秘密。要知道，领导的车内生活很神秘，真碰上嘴不牢的可惨了。

只要不涉及领导，老钟的话少归少，还是有一些。比如聊电影，老钟过眼得多，且聊一阵儿呢。尤其聊到好莱坞电影里飞车追袭段落，老钟如数家珍。有次看完电影我又蹭他车，一路无语，但他一直皱着眉。领导到家后，他接着送我。突然问：你说那车门子都那样了，怎么还能开呢，不能够啊！说完噬地吸了口气，接着琢磨。很明显，他把那些特效做出来的车技都当真了。亏得岁数大，从未在自己车上试。

领导对老钟还不错，有人送礼，偶尔也分点给老钟。那是八十年代，物质生活贫瘠，领导收的礼物也就是一条红塔山香烟、两罐龙井茶、几盒土特产什么的。老钟总是千谢万谢，然后再分给同事们，并且说成是领导让分的。只有一样，老钟收到绝不与他人分享，就是酒。老钟像很多北京老大爷一样，每日必喝，但每次只两三盅。只喝白酒，好坏随缘，不挑，喝完就睡。只要不确认可以睡下，老钟绝不喝。老钟说了，谁知道领导会不会突然要用车啊。

老钟长期跟着领导，慢慢地，大家发现他和领导越来越像，经常穿同样款式的中山装，风纪扣同样系得严严的，走路姿势也像。有天我跟他提及此事，老钟听了放声大笑，然后说：我们小老百姓，怎么能跟领导相提并论，可别瞎说。说完微笑。

领导在办公室工作时，老钟就在部里司机班的小屋待命。司机班其他待命的司机打扑克、聊大天消磨时间，老钟从不掺和。读书看报么？也不是老钟喜欢的事。他喜欢把各间办公室当废品堆着的大大小小用过的信封拿来，谨小慎微地拆开，将写了字的一面翻在里边，用糨糊重新粘成一个可用的。别人见了笑话：没见过这么抠门儿的。老钟微笑着说：好好的牛皮纸，可惜了儿的。

领导是政协委员，七十才退休。老钟那年也六十了，一并退了。同事们很少见到他了，只是每月发工资的日子，老钟会来领工资。再后来，老钟不仅领工资，还需报销点药费。再后来药费渐多，老钟老了，也来得少了。但是逢年过节，老钟一定会去几个同事家拜年，同事们看到，老钟虽然老了许多，还是笑呵呵的。

大　林

大林与我同庚，属猴。她老公儿子也都属猴，所以她对属猴人有好感。她有自己的总结：属猴人最仗义。

我这两年忙乎上喝茶，深陷其中，耽误不少生计。好在有失必有得，喝到不少好茶，还见识了各种路数的茶人。接触多了，我也有总结：滥竽充数的那些不算，真爱茶还能喝懂茶的群体中，性情之人多，灵气才气都不缺，但是不同程度地，骨子里都有点玩物丧志倾向。

大林也是个茶人，喝茶，藏茶，也卖茶。但她跳出了恋物窠臼，我管她叫"大"茶人。说她大，因为她的茶事都搞得大。喝茶专门拜了名师，壶里乾坤一求十几年。藏茶有几千平米的仓库，而且不止一地一处。卖茶论吨，一年几千万流水。规模到这地步，不得不开个门脸儿招待八方茶友，于是有了梧桐会馆。市中心巨大的老院子，九棵梧桐树圈起一片宁静。大林说，当初一见这地方便觉投缘，细考之后得知，此处早年是个幼儿园，更早年是个道观，怪不得，都是干净地方。

我这样的喝茶人，逮到好茶，一泡下去未如意，调水温，换茶具，要往回追。大林那天三泡岩茶同时开泡，北斗一号二号，水金龟，这么金贵的茶，同时开泡已经够奢侈，不想茶汤一出，众人吧唧两口，没吧唧到期待中拔萃的味道，神情稍现迟疑，那边三碗茶已被大林倒进剩茶钵。我暗自心疼，又终于忍不住把心理活动说出来。她的回应是，要喝就喝最好的，味道哪怕差了丝毫，不如不喝。

见过很多卖茶人，都觉得小气。小本经营薄利多销的，小字亮在脑门上，不过至少老实。更可怕的是那类假装大的人，纯忽悠型的，张嘴就是一副全国好茶尽在囊中、别无分号的架势，可手中茶偏偏又属"见光死"类型，这种人听着大，其实更小，小人的小。大林卖茶卖得大，大气的大，人家明明批走数吨茶，款也刷刷过，但她过后偶尔喝到茶样，只丝毫不如意，大动干戈全部召回，情愿赔上数十万银两。问她，如此损失岂不巨大？她说这是小事情。

大林这话不是虚说，数十万银两当成小事，是因为心中有大目标，对此她倒不讳言，她要当茶王，全方位的茶王。这就好理解了，卖茶本已是诸多茶事之一种，更何况小到卖茶中的数吨茶叶。

老一辈茶人看重茶的玄意所在，重在细抠茶的口感、气韵、余味。越古越好，越纯越好，越是似与不似之间越好，看不上那些非要把茶数据化、机械化的人。大林虽然喝了那么多年茶，对这一套娴熟于心，但她公开提倡数据化、科学化，"拿数据说话"成了她的口头禅。

我对数据化论调一向不以为然，但是放下个人好恶不说，单说大林，也算是有不惮触犯老辈茶人的勇气吧。因为目标远大，便不在小节上抠抠唆唆。心里只有几百斤茶，当然可以一泡一泡细细谈玄，但是天天想当茶王的人，真顾不过来。

老 孟

老孟是个摄影师，不是照片摄影，而是含金量足足的电影摄影师。老孟的爸爸就是摄影师，新中国第一代电影人，到了老孟这辈，大学读了专业院校的摄影系，子承父业。

大学毕业以后，老孟开始搞创作，和几个导演系的同学合作拍电影。那是九十年代初，电影业还不如今天这么孟浪，老孟这拨人无不怀揣艺术电影梦，远学伯格曼，近仿小津安二郎。当然这只是比喻。

剧组常设在地下室，外景地一般在偏远乡村，甚至沙漠无人区，老孟他们的追梦之旅很辛苦。好在商业大潮尚在朦胧，劳其筋骨还能有回报，慢慢地，老孟他们一伙人真折腾出些响动，被电影界称作第六代。

电影红了，红导演，红演员，老孟作为摄影师，有点幕后英雄的意思。偏偏老孟性格正如此，不显山不露水，遇荣誉往后退，遇苦差事虽然不至于向前冲，至少不退避。这性格自然人缘好，多挑剔的导演都爱找老孟合作。一部戏拍下来，剧组上至盛气凌人的女明星，下至场工财务司机，都和老孟成了莫逆之交。

摄影师是个力气活儿，几十斤重的机器天天扛着推拉摇移，身子板不灵真不行。老孟瞧着瘦骨嶙峋，机器一上身，步伐稳健，姿态从容，有板有眼。剧组的小姑娘看他那身段儿都看迷了，她们不知道，这气度可不是天生的，老孟为此付出不少汗水。

老孟定期去打羽毛球，一半是喜欢，一半也是为了练耐力练力气，工作中要用的，跟瞎打着玩不可同日而语。

日常生活中老孟是个严谨的人，处处有条理，做事讲究个先后顺序，极少随兴。到外地拍戏，一到驻地先上街，买俩塑料盆，一个洗脸一个泡脚，从不间断。晚上剧组人再闹，老孟定时睡觉，挺得直直的，睡下去什么样，第二天醒来还什么样。老孟的兴趣爱好也不多，能数得出来的有两件，打球算一件，另一件是看碟。只看电影，中外古今，博览群"影"，还是和工作有关。拍戏常在外地，一去就是三两个月，一回北京，老孟都要紧忙叨两三天，回回顺序都一样，先把自己洗干净，擦车，加满油，然后冲向碟店，把不在期间出的碟都补齐。接下来的几天，老孟除了恢复打球，就是在家看碟，又为下一轮的工作做身体与专业上的准备。

好像一夜间电影就全面商业化了，老孟这些搞艺术的人，一时有点蒙，抓不着要领。老孟一两年没拍戏，闷家里琢磨这巨变。这么有条理的人，即便是闷着，也不会白闷，老孟趁这一两年时间，解决了婚姻大事。

婚后生活正甜美，当初找老孟合作的那些导演，又纷纷扑来找老孟。导演们一向在大处不糊涂，自然擅长宏观架构自己的人生，他们顺应时代潮流的改变来得快，纷纷拍起电视剧。老孟随和啊，电视剧就电视剧，还当电影拍就是了。

然而电视剧毕竟是电视剧，你当电影拍，投资方可不允许，事关白花花的银子啊。老孟开始觉得有点乱。有条理惯了，老孟一辈子最怕的事就是乱，本来不大的一张脸上，眉头天天紧锁，一时有点手忙脚乱，连羽毛球都顾不上打了。

好在没过多久，老孟适应了，开始一个接一个地拍电视剧，一年能在北京待仨月就算不错。

现在的老孟，看着很春风得意的样子，不过身边最亲近的一些朋友心里都有点感觉，觉得老孟不像从前那样热爱摄影了，一向稳健的步伐，多少显出些无奈。

小 琴

在网上搜索小琴的大名，跳出十几个网页。细看看，其实就三条内容来回重复。再细看，连这三条也很相似，分别是一次交通剐蹭事故后小琴不服判决的申诉，因行车违规被扣超过十二分重回驾校深造，驾照未能定期检验被吊扣。

朋友们都批评小琴，说你怎这么晕哪，说你每天心思都跑哪儿去啦，说你怎这么不靠谱啊。小琴遇此境况，会一脸不服抗辩几句，不过依我看，她抗辩时也是晕着的，心思仍然不在当下的抗辩上。

小琴的确整天犯晕，每次外出，都会先在家门和院门之间往返数次。手机没带一趟，忘了包又一趟，车钥匙落了又一趟。这么折腾法儿，小琴和朋友约会就经常迟到，就又被围攻，说你怎这么晕哪，心思都跑哪儿去啦，怎这么不靠谱啊。小琴照例晕着抗辩，心思不在。

小琴也有指责别人不靠谱的时候，那天在饭馆点菜，小琴盯着菜单突然脸红了，勉强瞎点了几个应付了事，然后压低嗓音诡秘地问同伴：这儿的菜名怎起得恁色情呢，太不靠谱了。一群眼睛齐刷刷瞪圆，聚焦在小琴指尖那个菜名上，可左右看不出色情在何处。小琴说：你看嘛，什么叫萝卜干毛豆嘛。她把"干"字念成了第四声。众人当场哭的心都有，愤怒之下，又把此事编进小琴的罪证账本，以便今后批评小琴时，随时择出来使用。

开始大家分析，小琴之所以整天晕头涨脑、神情恍惚、心思爱开小差，可能因为睡眠不足。证据之一是，经常半夜四五点还见小琴趴在 MSN 上。大家就关切地劝她，年轻人正在长身体，一定要保证睡眠啊。可小琴说：夜里四五点？哦我那是刚醒，连轴睡了二十个小时，睡得好累。大家都知道，小琴还有个最大的特点是实诚，所以此话一出，彻底宣告所有同情都是自作多情。不过话说回来，大家的分析也还靠点谱，确实与睡眠有关，睡得狠也会晕。

一个人偶尔连续睡眠二十小时不稀奇，但在小琴却是家常便饭。表面看这也是典型的不靠谱，不过其中必有心理问题作祟。好在小琴实诚，在我启发性追问下，说出一些她的家庭实况。

二十五岁的小琴一直和父母同居，家教很严，自小到大从未在外过夜。正是疯玩野跑的年纪，不时会有孟浪一下的冲动，可父母对她关怀备至，她不回家就都不睡，死等。小琴很想独立，经济上一时又承担不起。一方面对父母有逆反心理，但又对父母非常依赖。小琴时常为这些矛盾焦虑不已，一时又没勇气冲破樊篱，就用暴睡抵御焦虑，一睡解千愁。睡多了自然晕，晕乎乎自然心思开小差，久而久之，得了个不靠谱的名声。

由小琴这一个例，想到身边很多她的同龄年轻人常被老辈人指斥晕、不靠谱，仿佛这是年轻人的群体特征。可是，"不靠谱"这样的话要分两头说，闺蜜之间互相批评那是说着玩，甚至还有亲昵的意思，就像叫人小名小狗子小秃子一样。身为外人，指斥别人不靠谱，相当于一句废话，这样的结论毫无意义，这世上人和人千差万别，每一个不靠谱的背后，都有各自不同的心理、社会等诸多方面的原因，不如去讨论讨论这些原因，再从这些原因出发，探究其背后更深一层的因缘相生。

小 黄

刘晓庆唱过一首歌,有句词叫"我还是最爱我的北京"。这话搁小黄身上最合适了。小黄不是北京人,江南生江南长,二十二岁拎个大箱子到北京,原因说起来很文艺。

小黄上学时迷上北京的一本文化杂志,期期不落堆在床头,本本翻得起毛边儿。那杂志在网上有个论坛,她就没日没夜泡在里头玩。小黄特别有激情,每帖必回,每回必夸,且夸得由衷。那些小黄原来常在杂志上瞻仰到大名心生敬佩的人,也在上面玩,慢慢都被小黄的执着感动,和她成了亲密网友。

小黄学计算机的,经这论坛的熏陶,对原来专业心生厌倦,说起文化圈的事如数家珍。又因为论坛上的网友大多在北京,小黄的心时时刻刻向北京飞奔。转眼该毕业了,小黄做了人生的大决定，去北京。

刚到北京时，正值论坛最兴盛阶段，网友们排着队请小黄吃饭，天天一小聚，两天一大聚，小黄那么害羞的小姑娘，猛然间习惯了一件事，拥抱。每个网友在她眼里都比兄弟姊妹还亲，小黄对身体亲密接触的接受，完全发自肺腑。

网友们大多在媒体工作，小黄在北京虽然没工作，靠给朋友写稿子，即可维持生计。多年来对文艺圈的关注，让小黄写东西很快上路，加上年轻聪明，又肯吃苦，勤恳好学，不耻下问，把所有网友都当成老师，没过多久，小黄的采访稿比很多老记者写得都优秀。稿约越来越多，小黄再参加聚会，经常不等散席就恋恋不舍地先撤，因为还有几千字的稿债。

冬天降临，论坛仿佛随天气变冷而渐渐萧条，小黄经过密集见识各种文化名人，对北京的神秘崇敬之情也慢慢消退，对人生的聚聚散散有了些体会，开始期盼稳定的生活。文艺圈最势利眼，小黄虽然稿子写得好，但没有相关学历，很难在媒体找到工作。其实也有愿意接受的，但小黄起点高，一般媒体还真瞧不上。她去了一家公司，成了标准的白领丽人，但网友们都知道，小黄心里还是想当个一线报刊的好记者。

后来小黄故乡最大的报社招记者，她犹豫很久，征询每一个亲密网友的意见，又做了个大决定，拎着大箱子回故乡。上火车那一刻，小黄把来送行的网友抱来抱去，眼睛哭得肿成桃。

小黄回去后，很容易通过了考试，很快成了报社的主力记者。分管文化娱乐，常来北京采访演唱会之类。每次来都乐得合不拢嘴，逐个拥抱新朋老友。可一到该回去的时候，就又哭成泪人儿。有一次分别宴上，小黄借着酒力突然一拍桌子说：奶奶的，我还是最爱我的北京，我要回北京！

小黄迅速回故乡，从那家报社辞职，又杀回北京。从那以后小黄有了明确目标：回北京，当好记者，二者缺一不可。可是世间万事，哪件不是说来容易做来难，一晃三年过去了，小黄在北京与故乡之间奔突无数个来回，还是没能将两个理想完美统一起来。北京不缺工作，但没有小黄看得上的媒体；原来的报社随时欢迎小黄回去，她又舍不得北京。

小黄脸上不时现出愁云，偶尔居然会感慨：唉，老啦老啦。

这个秋天，北京的天格外蓝，小黄突然接到故乡报社的正式邀请，请她作为报社的正式员工，筹建报社驻京办事处，就由她常年驻扎北京。和小黄初来北京时被大家请吃饭不同，这回是小黄分期分批地请大家吃饭，每一次饭局开始，小黄照例和大家狠抱，然后亮着嗓门宣布：这回我真算个北京人啦。

小 丁

假如在半夜，MSN 上小丁还亮着，我会忍不住凑上前刺激他：
又加班？小丁一般回应一个挠墙，或者发疯，或者捶地痛哭的
图标。我会继续往伤口上撒盐：还在公司？他就继续用图标哭
到爆。

加班是小丁的生活常态，偶尔正常下班，正常歇个周末，反倒
觉得不正常，会在 MSN 签名上欢呼。

小丁属于"八〇后"年纪最大的一拨儿，今年三十岁了，供职
于一家著名外企，因为业绩突出，二十多岁便成了中层干部，
带着团队左冲右突，活跃于经济建设大舞台。

小丁是标准北京土著，不光本人生于斯长于斯，父母也都是北

京人。小丁短短三十年人生，写成履历也是标准人生。十八岁上大学，二十二岁毕业，工作，开始恋爱。谈了两三个，经历了离散之痛，真命公主出现了。又谈了一两年，贷款在通州买房，结了婚。再过一两年，生了个胖闺女。妻子是公司同事，为了专心抚养闺女，毅然辞职。小丁独自挑起了养家重担，用他自己话说，瘦弱的小肩膀，扛起一老一小两个沉甸甸的王母娘娘。从此加班频率更密了。

所谓瘦弱小肩膀这样的形容，是典型的小丁式自怨自艾，不必当真。他身高一米八，体重八十公斤，肩膀足够壮实。这也是我敢于频频往小丁伤口撒盐的原因所在，一是他脾气好，二是他惯用这种貌似自怨自艾为自己减压。

小丁用网络日记的方式，跟哥们儿和熟人哭诉，不明就里的人看了，以为小丁命若游丝，连根稻草的重量都经不起了。其实呢，小丁的朋友们一看他在网上哭诉，就纷纷搬好小板凳集体围观，经常看到开怀大笑。并非这些朋友变态，实在因为小丁那些哭诉太有才了，生动，风趣，感染力极强。我这个退休图书编辑，时不常地被他那些哭诉感染得直想重操旧业，将其整理汇编，出本笑话集。

骂骂咧咧自怨自艾，只是小丁生活侧面之一，这时的小丁只是在游戏，并不走心。走心的时候，小丁会不自觉地文风一变，网络日记突然变得怀旧架势十足。他会怀念当年如何热爱足球，热爱游戏，热爱搜集公仔，热爱 AV 女优……那是他快乐的少年时光。三十岁的人，尤其一个有了孩子的三十岁男人，怀旧怀得言之有物、从容得体，我是没见过出小丁之右者。不过，往往怀旧到末尾，小丁终会笔锋一转，甩出一两句骂骂咧咧的自怨自艾，把那股愈积愈厚的伤感气息消解掉。小丁是个实诚人，还是个明白人，不会允许自己栽在真正的自怨自艾中不自拔。

眼下又到了小丁一年中最忙碌的时段，他又开始在 MSN 上彻夜亮着小灯，大概实在没时间更新自己的网络日记了。每天晚上我打开小丁日记的页面，看到还是多日之前的老日记，有些怅然。手下鼠标一点，不定又岔到爪哇国去了，心里却还想着小丁，以及千千万万扎扎实实以苦为乐生活着的小丁们。

小　侣

小侣皮肤白，比我们称为白净的姑娘还要白，白到出格儿。有时一起玩，有不相识的新朋友加入，会对她格外关照，因为看她脸色以为她身体不舒服。

因为白，一双眼睛显得特别黑。如此黑白分明、一丝瑕斑都没有的一张脸，让我觉得，这样的姑娘生在这个纷扰杂乱的年代，有点格格不入。如果生在山还是山、水还是水的古代更融洽些。

想象中古时候的姑娘，就像小侣这样吧，细眉细目，白白净净，说话慢悠悠的，从不大声。穿些颜色素雅、宽宽大大的衣服，走路步子小，但很稳，极少欢蹦跳跃。有心事闷着琢磨，能消化的，就当什么都没发生，消化不了的，写下来。难免也有写下来都消化不了的，就在可控范围内发泄，比如找最亲近的闺蜜倾诉。

从古时候再回望，今天的姑娘大多情绪激烈，言行豪放，心里存不住事，稍有不顺心，必得当场一吐为快。这些特点，都和小侣没相干。

七八年前认识小侣时，她正在努力融入这个不太适合她的社会。她在一家杂志社供职，是圈内公认的好编辑，工作非常努力，努力到脸色在她自然白之下，又埋了一层惨白，憔悴，走路像在风中飘。有一天，一伙人在簋街某座老宅吃饭，她一直紧蹙眉头，双臂不自觉地环抱自己。问她，说是这宅子阴气太盛。这是人身体比较虚弱的表现。

很努力的小侣，在工作中的种种艰辛付出皆未得到回报，周围朋友都替她抱不平，小侣自己对此也困惑，同时很无奈。可是该工作了，还是扑上去。我在一边旁观，心里愈加肯定了一分自己的感觉：她和这个节奏如此之快、乱花渐欲迷人眼的年代，的确格格不入。

好在因了种种机缘，小侣的生活突然生变，随夫君离开北京，去海南生活了。她不再必须上班、和同事打交道，尽可宅着做喜欢做的事。从此，小侣突然活了。

先开始，看到小侣的博客几乎每日更新，没有闲言碎语，没有流水账，每天一篇小评论，电影的观后感，或是读书心得。篇篇写得认真，看法独立，从不人云亦云。感觉上，一部电影或是书籍对于她，都是纯粹一对一的关系，她从不管这书在社会上是个啥评价，这电影别人看了怎么说。我每隔一段时间去看，字里行间都是自在二字。

再后来，某天小侣突然发来一个文件，打开是部长篇小说，讲她经历过的一些事，生命中的一些过客，因为不少人物的原型我都认识，看得兴致盎然。同时看她把张三的脑袋、李四的胳膊、王二的腿拼接一处，不时会心一笑，赞叹她把握文字的奇巧而不失自然。

这个应该生在古代的姑娘，终于找到了与这个时代的相处之道，那就是通过某种媒介来感知这个时代、参与这个时代。这一媒介就是书籍、电影。无论是读书、写书、看电影、写电影，她都不必直接裸面这个时代，保持一定距离，但又不远离，这样的相处，让小侣越来越自在。

老　郑

去年春天，老郑到处求人走关系，给儿子找工作。儿子大学临近毕业，学计算机工程，成绩不算最优秀，至少也是中上水平，求职本来不太难，可是一找俩月没成功，原因出在老郑这里，他执死一条底线：要当官差。

老郑的盘算是，先给儿子找家政府单位去实习，熟悉熟悉工作环境，等到秋天再参加公务员大考。一定要当公务员，必须的！今年不行明年，明年不行后年。

儿子倒不以为然，老爹常为此事唠唠叨叨，儿子不耐烦，有天没忍住，脱口而出讽刺：您当这是愚公移山哪？什么今年不行明年，明年不行后年的……老郑一时有点蒙，张口结舌。不过很快眨巴眨巴小眼睛，坚定地说：叫你说对了，就是愚公移山。

缺什么求什么，老郑这么执拗，是因为自己当年离开体制，至今后悔不已。

五十年代末老郑生在农村。七十年代，像许多农村青年一样，为了"农转非"参了军。白驹过隙，转眼退伍，到京城某公家单位当个科员，稳稳当当喝茶看报。开始挺美，后来经商大潮涌起，同村一个青年外出做买卖，成了万元户，这事儿刺激了老郑。

一个月黑风高夜，老郑躺在床上瞪着天花板，彻夜不眠心算了一本小账——喝茶看报是舒坦，可十年不吃不喝，能不能攒下十万块都说不好。自己怎么也比那位同村青年脑子好使吧？他算盘不会打，计算器没用过，心算就更甭提了，这都发家致富了，我怎能自甘堕落？

老郑放弃公职，自我流放成了个体户，选的营生是包工头。仗着当了几年基建工程兵，对建材市场熟门熟路，部队的营长、团长什么的家里又都正待装修，而老郑家乡在江苏，江苏人一向以做活儿细致闻名。天时地利，就这么定了。

不到两年，老郑超过同村万元户，成了村里首富。荣归故里，修了祖坟，续了家谱，家里摆流水席，大鱼大肉全村人敞开吃。老郑，一口白牙天天在村里人前闪烁。

老郑揽的活儿越来越大，从家庭装修到楼堂馆所，从分包工程到总包工程，挣得也越来越多，俨然成了个做大买卖的。老郑在北京成了家，生了儿子，住房越换越好。新房子住着，旧房子不卖，租给同乡出来打拼的人。

生活越来越好，老郑却渐渐有点困惑，晚上回家，越来越疲惫，越来越没心气儿。年龄增长只是原因之一，更主要在，为了揽更大的活儿，老郑需要和越来越大的单位、越来越大的官打交道。原来是科长，后来是处长，再后来甚至是局长。而每迈一个台阶就意味着，老郑赔出的笑脸更假，花在送礼公关上的钱更多。就这，人家的脸色还越来越黑，甲方越来越不好伺候了。

原来也累，不过只是身体累，现在身体照累不误，加上了心累。心累又直接影响身体，顿顿要请公家人吃喝，每喝又必醉，否则甲方不派活儿。老郑血脂高了，得了糖尿病，摁摁小腿一个大坑儿陷下去，肿得不成样子。老郑觉得自己眼睛越来越小了，那是天天逢迎各级公家干部，挤笑容挤的，眼部周围的肌肉都快痉挛了。

可是，放弃么？老郑没这魄力，毕竟是农民出身，京城没根基，虽说挣了不少钱，心里总不踏实，何况儿子还在上学。再苦不能苦儿子，老郑继续熬。

开始想，再熬几年，儿子大学毕业工作了，就退休不干了。后来某一天，老郑看着儿子拿回来的成绩单上一堆喜庆数字，陡然想到，让儿子去当公务员！只要是公务员，就有机会做各种甲方，老子当了那么多年乙方受的气，挨的苦，儿子一定要当甲方，必须！

今年秋天，老郑的眉头越来越舒展，和生意圈的朋友们聊天时经常会说：不行我帮你问问我家少爷？人家现在可是公家人！

老 林

老林是个香港人，人却一直在北京，在北京工作，在北京生活，十年了，是他迄今为止人生的四分之一。现在他管到香港叫"去香港"，到北京叫"回北京"。

十年前老林刚到北京时，闹过不少笑话，其中之一是，他住朝阳区，有天被朋友约到海淀，办完事看看地图，朝阳就是隔壁区嘛，反正年轻力壮，准备走回去。两小时后，他对照地图搞清自己所处位置，仍然没出海淀区，当时站在街角摸脑壳——两个小时，足够他在香港横跨十几个区了。

老林少年在香港，求学在澳洲，最终读到博士，学科是营养学。关于这一点，和他共事多年的同事，或者相处多年的朋友听说之后，第一反应无不张口结舌。在熟人眼里，老林喜欢喝咖啡，但基本都喝速溶的。老林米面都吃，但经常是方便面、盒饭。朋友聚会，有时为在哪儿吃饭争执不下，老林会不耐烦地说，吃个饭还要吵半天，很无聊嘛，牡丹楼好了。牡丹楼就是麦当劳，香港口音念出来，一副大酒楼的气势。

老林在吃喝上的品位，很像一个讲究点小资情趣的民工，和博士，尤其还是营养学博士全不沾边。

确实有人将老林比成民工。有位朋友和老林相约，去很体面的会所，谈很正式的事情。老林露面，朋友一惊，只见他穿个棉猴，背个双肩背的小包。本来身材就瘦小，这副打扮更是扬短避长，朋友当场讥讽，戴顶草帽扔民工堆里，还真挺难发现的。

这么一说，好像老林是个落魄香港艺术家似的，其实不然。正像八十年代初在北京提起香港人，大众心里会直接默认对方的身份之一——有钱人，老林不差钱。他和朋友合伙在北京开了家顶级 SPA 会所，生意很好，被国内外很多专业评审机构誉为京城最佳 SPA。

于是朋友们又跟老林开玩笑，说真正有钱人就他这样，山珍海味没兴趣，偏好麦当劳这一口儿怎么着吧。老林先是笑着谦虚，说跟人家那些富翁比，自己绝对是穷人，然后很严肃地说：道理倒真是这样，你看那些黑社会老大的照片，基本都像我这样，又瘦又小，没几个长得有气魄。老林说完，转头跟一个做导演的朋友申请：往后你要拍黑社会，让我去演一下嘛。

老林看过不少黑社会老大的照片，这类历史八卦，是他最喜欢的事。听老林聊天很过瘾，八卦极多，不过不是演艺圈、娱乐界的八卦，他的八卦专业领域，是藏传佛教。藏传佛教的正史了然于心自不必说，难得在于，他对野史更是兴趣浓厚，真下功夫去搜集、考证，天长日久，真快要到"无一句话无来历"的境界。跟老林逛拉萨八廓街，老林甚至能说出街边每块石头的来历。这话不是吹牛，老林的八卦是有专著的，不止一本，多年前有一本叫《与西藏有缘》，至今被众多西藏迷奉为必读书目。

老林是个资深佛教徒，挣的那些钱基本都贡献给佛教事业了。他在香港成立了一家基金会，致力于修缮藏区寺庙的大善举，引来不少追随者。老林的精力也绝大部分花费在这事上，世俗事业的 SPA 会所，单从时间分配上看，像一件可有可无的事。

北京人一向不太瞧得上香港人和上海人，北京人说一个人不像香港人、上海人，那是对他最大褒奖。从这意义上说，老林真不像个香港人。

老 万

老万不喝酒，不管什么场合，也不管什么人劝，怎么劝，软的硬的，就是不喝，说是喝了过敏。可是老万分明一副能喝的样子。

老万小六十岁了，走道儿带风，站着像拔军姿。嗓音浑厚，话剧团出来那种，离近了听，耳朵嗡嗡的，你想中气得多足啊。老万爱聊天，不过他聊天有个特点，要么一声不吭俯首甘为听众，要么哇哇大长篇儿。虽是长篇大论，可你当听众老也听不够，因为讲得可生动了。再看他的表情，忽谛听，忽皱眉，忽探视，忽琢磨，忽挤眼，忽撇嘴，忽戛然而止，忽开怀大笑……不弱单田芳、袁阔成。

由此不难看出吧，老万是个性格外向的汉子。当然，性格外向并非善于喝酒的必然条件，可老万还是生意人。生意做得很大，多数还是国际贸易，所以整天绕世界跑，全地球上的国家，去了总有一半以上。出国对普通人而言是大事，走前且准备呢，回来且回味呢，可在老万这儿，因为太频繁，抬脚就走，眨眼又回来了，从不拖泥带水。偶尔与家人度假除外，日常一律独来独往。为提高时间效率，一般赶大清早的航班，要不就夜航，总之自己悄悄起来，媳妇儿子还在梦乡，利利落落出门。极少专门道别，如同北京去趟天津随时去随时回，有啥可道来道去的。

生意都是从无到有做起来的，都有第一笔第二笔第几笔的，哪笔做得大胜，就是所谓的第一桶金了。老万阔了之后，国际谈判必在当地聘个翻译，可是早年起步时，从来都是直接和各种肤色的外国人谈。老万会点儿英语，词汇量加起来不超过二百，其他语言更是一窍不通，可连比划带画图，也都谈下来了。老万说那会儿就牢记一个原则，不见兔子不撒鹰，没什么合同不合同，看不懂哪敢签，必须一手交钱一手交货。

当然，做生意，哪怕是国际生意，也不是擅长喝酒的必然条件，可老万一度还是某大国企的掌门人，有行政级别的那种，手下管着好几千人，上头还得小心伺候着党政军高级领导，随时有来视察的，随时进京汇个报开个会，不时还有正式外事活动。身处这般职位，还是在老万供职的那个年代，不擅长喝酒的不多。

好吧，上边说的都不算，老万还有一条最该能喝酒的原因——他是个新疆人。新疆的汉人，父母支边，他就生在新疆，长在新疆。下过乡插过队，也在新疆。直到恢复高考后读大学，都没离开新疆。新疆长起来的汉子，酒量大小各有千秋，可哪有滴酒不沾的呢？更何况老万大学读的艺术系，主攻绘画，是当艺术家培养的，不喝酒？滴酒不沾？

其实老万早年喝酒，而且很能喝。一瓶伊力特不带喘气儿就干了。不喝冷啊，老万说。那会儿他在农村插队，壮劳力，挖水渠，一挖大半年。老万实在，不甘落后。再说，想要改变命运，就得拼命干活儿当先进，当了先进才有可能提干、回城。所以别人挖十米，老万挖十五米；别人挖五十筐泥，老万挖六七十筐。赶上三九严寒，身上早被汗湿透了，大西北不由分说的刺骨寒风一吹，骨头真好像被吹出了筛子眼儿。实在支撑不住，喝几大口最劣质的土烧酒御寒。每天回到工棚衣服都顾不得脱，就倒头去爪哇国憧憬好日子去了。

太久不洗澡，身上臭到连自己也被挑战忍耐极限的时候，春天来了，水渠完工了，老万终于有时间去澡堂子洗澡了。衣服脱光，袜子却怎么也脱不下来了，一缕缕丝线，嵌到脚底板的肉里。

老万是恢复高考后的第二届大学生。其实第一届招生时就考了，而且成绩过线可以入学。得到喜讯那天，老万拿出全部积蓄，请朋友大碗喝酒大块吃肉。酒至酣处疯啊跳啊唱啊抱啊，算是和插友们告别。最后一丝清醒尚存时，老万对同席一位同样分数过线，却整晚滴酒未沾的女知青说，明早务必叫我起床啊，咱俩一起走啊。

第二天，是老万他们这些天之骄子入学前的最后一关，体检。和考试同等重要，必须参加，只需体检表上画画钩，就可以收拾行李去学校报到了。可是老万一觉睡醒，太阳都快落山了。老万扇了自个儿几个响亮的大嘴巴，疯了一样奔到县城，想求爷爷告奶奶，可都不知道谁是爷爷奶奶。

老万那年没上成学，留在村里继续挖渠。从此老万不喝酒了。开始是下决心戒酒，后来老万发现，其实不必有意去戒，别说喝酒了，一闻到酒的味道就从头皮到脚底都难受，所谓过敏不是说说而已，真的全身会起大片大片的红疹子。多年以后，老万才能做到单闻酒味无不良反应。

第二年，老万再次考过分数线，人生揭开新篇章。有好事者曾经问过那位女知青，那天为啥没叫醒老万。回答是确实太兴奋，一时忘了，绝无半点他意。好事者将这答案告诉老万，老万很淡很淡地笑了笑，一个字没说，不过从此再没和那女知青有任何来往。

老 秦

照现在年轻人的看法，老秦这代人什么倒霉事儿都摊上了。儿时赶上"大跃进"，吃不饱。求学时遭遇罢课闹革命，没学上。该走向社会时，上山下乡风潮正烈，被发到村里面朝黄土背朝天。可算好日子来了吧，他们老了。

要说现在的好日子怎么来的，老秦这代人功劳最大。改革开放的启动，都是老秦这代人折腾的。他们仿佛整个社会的脊梁，不像老人那样挥洒自如，也不像年轻人那样少有顾忌，他们是忍辱负重、最为艰难的一代。

八十年代初，老秦历经磨难，快三十岁了重回校园读书。毕业后加入援藏队伍，很快因表现出色在当地做了官。又几年，调回北京，在我曾经供职的出版社当领导。

老秦刚到出版社时，有一天上级部门领导来视察，临时有杂事需处理，暂时借用老秦的办公室。我不知情，但正巧有合同要找他签字，象征性地敲了敲门，拧门把就要进。说时迟那时快，突觉身后一股罡风袭来，随即衣领子被人死死揪住。回头一看，竟然是这间办公室的主人老秦。他食指竖在唇边，示意我别出声，然后压低声说：部长在。说完毕恭毕敬跨步到我前头，轻轻地、轻轻地再次敲响房门。老秦当时那神情，让我差点骂出四个大字：奴颜媚骨。

后来相处时间长了，见到的事情多了，关键是自己也成长了，渐渐理解了老秦的难处。他从外地调来，在部里没有根基，上有责难下有埋怨，夹板气少不了要受着。加之老秦性格内向，心里有苦强憋着，久而久之，就成了那样一个人。很像巴金的《家》中那个大少爷觉新，委曲求全，郁郁不乐。老秦这代人，多少"大少爷"啊。

有一年老秦去外地找作者谈书稿。路上遭遇车祸。撞得不是非常厉害，同车有老秦的大学同学，仅只皮肉受伤。这同学见自己无事，赶紧问老秦怎么样。老秦回答：不太好。

这同学后来回忆，一听这话就明白出大事了。他与老秦同窗四年，太了解老秦了，但凡能挺得住，他连哼都不会哼一声，而且必定会先照顾别人。"他是个特别特别自律的人，自己有苦绝对不说出来的。"同学说到这里，作为佐证，说起他们读大学时，一帮同学在老秦宿舍扎堆儿，纵论天下，挥斥方遒。突然床头闹钟声音大震，老秦立即起身，黑着脸把大家轰出宿舍。因为闹铃声意味着，他给自己定的每天半小时英文阅读的时间到了。

后来得知，老秦赶上了最小概率的事情，撞车的刹那头部正撞在前排安全带的金属扣上，导致颅内大面积出血。医院全力抢救，老秦暂时保住生命，可是成了植物人。维持一个月后，心跳停止。那一年老秦四十六岁。

老秦和妻子多年分居，历经磨难，好不容易在北京安了个名实相符的家，生了孩子，过上稳定生活，前途无量，就这样撒手人寰。他的儿子才三岁。

老秦葬在八宝山革命公墓，每年清明我去给父亲扫墓时，都会专门去看看他，心里为当年差点骂出口的那几个字有悔意。

老 袁

八十年代初，老袁还是小袁，上高一。小袁喜欢画画，墨笔山水，跟着班上的美术老师学。国画想画好，初学就得好笔好墨好宣纸伺候，小袁家境不好，父母虽然不反对儿子多学习，但是真供不起啊。再说眼瞅着考大学了，怕小袁分心，严令禁止。

小袁孝顺，说停就停了，不过那颗喜好艺术之心鼓鼓的，没处安放。学校阅览室订有一份《大众摄影》杂志，小袁看多了又迷上了摄影。

管阅览室的老师也喜欢摄影，所以订了这份杂志。他见小袁整天看，英雄相惜，把自己一台磨得很旧的珠江牌120相机请出来，带着小袁学。很快，小袁能和老师一同研究探讨了。

小袁好想有台自己的相机，可是家里宣纸都嫌贵，相机当然更没指望。小袁只能偶尔在老师的千叮咛万嘱咐下，借他的相机拍两卷。越得不到就越迷恋，万事万物莫不如此，小袁注定要和摄影结一世的情缘了。

尽琢磨摄影了，高考自然受连累，小袁只考了个大专。毕业后分配到一个工厂做采购员。厂里效益不好，挣不到什么钱，可毕竟有了固定工资，小袁连吃俩月馒头咸菜，终于买了第一台相机。最便宜的品牌，还是二手的。

相机好坏档次的差别太大了，便宜相机想拍出好东西，并非不可能，但对小袁这种已在理论上充分准备若干年的人来说，相机上摁钮太少，便很容易生出英雄无用武之地的感叹。

"采购"了好几年后，小袁结了婚，开始向老袁过渡。当时社会上正宣传知识改变命运，老袁想想，都数码时代了，为了买好相机，为了有时间摄影，当然还为了老婆穿衣打扮不至于太寒酸，也该改变改变自己了。看看当年同学，分到政府机关的不少人，因为有权，都不同程度地有了钱，老袁开始刻苦学习，报考公务员。

天公不负有心人，老袁赶上个好机会，民政局招聘下属公墓管理所的所长。部门特殊，很多人不愿去，老袁不怵，应考通过。一时间，老袁一家两口子的工作岗位成了朋友们热议的话题，老袁管公墓，而他老婆是妇产科大夫，生死两件大事，在小两口这里一条龙闭环了。

来开后门儿的渐渐多起来。老袁脾气好，人品正，头脑又灵活，很快把公墓经营得有声有色，富了。那年做完年终决算，老袁看看会计送来的报表，瞅着总盈余数字后边那些个零，一拍办公桌，买台最好的相机！

公款买的机器，当然列入公家固定资产，不过老袁可以自由支配。延续十几年的相机梦终于圆了，从此一发不可收，一到节假日，老袁就开着所里那辆切诺基，绕世界饱览祖国大好河山，行李箱一半的位置，留给那台沉甸甸的相机和它的各种配件。

越是拍得多，陷得就越深，老袁渐渐觉得天天坐班，只节假日才能出门，太不尽兴了。想到了就去做，老袁的决定是：四十开外的人，有资格培养年轻人了。

很快，老袁把所里日常工作都交给了手下人，自己渐渐淡出单位舞台。对此很多人不理解，局领导还找他谈话，说正准备提拔他呢，怎么就退缩了。

这些话老袁听着，心底并非一丝涟漪不起，出身贫寒人家，位高权重这种事，对老袁还是颇具诱惑力的。不过鲁迅说得好，"有谁从小康人家而坠入困顿的么？我以为在这途路中，大概可以看见世人的真面目"，老袁初步体会了只有摄影才是生活全部的惬意与意义，渐次认清当官这样"困顿"的生活中世人的真面目，再想要他回头有点难。

昨天老袁来电话，说又跑到黄果树瀑布拍片，说好美。

老 罗

那天晚间，我们行走在一条乡村公路上，一行七八人，月光皎洁，人皆投缘，渐渐就走成一横排说说笑笑。这时身后射来汽车前大灯的强光，紧接着，汽车喇叭声。我们迅速变队形，走成一竖线。

可是喇叭声并未停止，一直无端地嘀嘀嘀。我们前后看看，让出的道路足够两辆汽车并排通过，不明就里，各自心生纳闷。老罗突然从我们队伍里杀出，迎面挡在来车前方，扎稳马步。汽车大灯照耀下，老罗怒目圆睁暴吼：嘀嘀嘀，嘀什么嘀，开个小汽车了不起呀！老罗当时那架势，像要挑滑车。

像七八岁孩子吧？老罗六十开外了。

老罗就是这样的人，眼里揉不得半粒沙。年轻时在台湾骂国民党，后来到美国一住二十年，骂美利坚。逮什么骂什么，从社会制度骂到饭馆不干净。老罗学过武，身手矫健，常跟人打架，五十多岁还约架不断，为此老罗倒也丝毫不敢放松锻炼。他去朋友家串门，因为从不打招呼，经常吃到闭门羹。老罗不在意，当即脱光上衣，抓紧时间在朋友家门口呼儿嗨哟练上了。朋友半夜才回，远远只见门口一大白条肉吓一跳，近前一瞅，老罗满身细汗，死等呢。

老了老了老罗来了北京，喜欢上，住下了。没过几年，还在北京找了个媳妇安了家。二婚，前妻早被他的臭脾气吓跑了。

老罗是个艺术家，画画写字。画国画，既非泼墨也非工笔，是介乎工笔与素描之间的风格。最常入画的是树枝、树干，都是枯的。还爱画石头，巨石细石，无不长相怪异。满纸枯墨，笔道雄浑苍劲，不失怪意。画如此，人有点性格，有点小暴脾气，就不难理解，甚至觉得很合拍。

老罗卖画为生，名声不大不小，在如今这般混乱的艺术市场条件下，老罗号准了自己的脉——真懂、真喜欢他画的，不吝价格之高定要设法据为己有；不懂、不喜欢的，再便宜也不要。因此老罗卖画走极端路线，三年不开张，开张吃三年。

老罗画得细，肯下功夫，一幅四尺宣，有时要画大半年。当然不止画这一幅，他会几幅同时开工，间或还夹杂着几幅书法条幅，泰山金刚经风格的，也是苍劲路线。字画都耐看，值得斥重金。

老罗除了画画，还是两岸三地著名的茶人。以前老罗在茶界也以脾气臭著称，找他喝茶，不是顶级货轻易别往他手里递，任你再好的朋友，会丝毫不留情面，直接吐出口。有次和他在一个鼎鼎大名的茶人家喝茶，人家一泡泡地献宝，家底儿都掏干了，他还在一口一口地吐。再儒雅再不计小节，也被惹翻了。出得门来我怪他，好歹留点面子嘛，搞僵了不太好。老罗铁青脸说，僵了算，反正没好茶，浪得虚名，从此不来往正好。

现在不同了，老罗脾气好了，次茶固然少有机会近他身，但是之前为他嗤之以鼻的一些中高级茶泡出来，他再不喜，也只是口不沾杯而已，再不吐了。脸色还会难看一下，但是瞬间过后又持微笑之态，明显心里已经一来一去杀了个回合，克制住了情绪。

朋友们都说老罗定居北京后脾气好多了，不知是新媳妇照顾得好，还是北京这个城市养他。再或者，年岁渐大，内心柔软一面终被唤醒。

老郑爹

小时候生活在苏北一个县城，住在五金公司的家属院。那院子前头一片玉米地，后边一片核桃林，虽然整个县城也没多大，但比起闹市的十字街，这里还是荒僻了很多。

家属院被一道围墙隔成两半，围墙里三排大库房呈 U 形分布，围墙外五排红砖尖顶的平房，住着几十户人家。老郑爹住在中间一排的最东头，那是这个院子最佳位置，安全、核心、一览无余。

老郑爹也的确是这院里的核心人物，六十开外，已经退休，但是之前做过单位领导，而这院子里除他以外，都是售货员、司机、搬运工等平头百姓，所以老郑爹顺理成章，成了家属院的居委会主任。虽说是份不入品的闲差，可在大院，老郑爹威信极高，平时说话口气软软的，声音不大，人人都听他的。

威信高不是因为当官，老郑爹太不像当官的了，也不像当过官，否则也不至沦落到与平头百姓混居的境地。老郑爹的威信，全靠多年积德行善攒下的，厚道、勤俭、有担当、乐于助人。相由心生，老郑爹一脸纯朴，像个农村老大爷。

老郑爹确实农民出身，进城几十年，长相做派还是农民样子，脸上好多皱纹，额头尤其沟沟坎坎，笑起来，那些沟坎会平展些。

我在那院子住的时候，正逢上个世纪七十年代，全中国人都忙着批来斗去。批斗不下去了，就学《毛选》，还有各种白纸黑字的油印学习材料。白天在单位、学校学，晚上到家居委会继续组织学。可是哪有几个人心甘情愿这么个学法儿啊。老郑爹肩负组织重任，以他一贯之老实，不能不好好组织；与此同时，以他一贯之厚道，他又明白众人的心。于是每到学习日，只听老郑爹在五排房子之间穿梭，口中高喊：学习啦！学习54号文件啦！

所谓54号文件，是指扑克牌，五十四张。每到学习日，全院的大人在老郑爹组织下，聚集一处，兵分几桌，打升级，捉黑叉。老郑爹自己不怎么玩，坐在门口放哨，以防别有用心者来查岗。一边放哨一边看着屋里一桌桌牌局，老郑爹满脸憨笑。

外人面前，老郑爹一副忠厚长者样子，一见老郑奶，就成了小孩子。老郑奶手脚勤快、动作麻利，平日见她洗菜做饭，喊里咔嚓，忙而不乱，有节奏有气势。有这样的老伴，老郑爹乐得做个"妻管严"。俩人在院里散步，会看到老郑奶一会儿揪揪老郑爹起皱的衣服角，一会儿拍拍老郑爹后背的浮尘，老郑爹看着一副不要你管的架势，其实呢，很享受，眉间大大开开的。

老两口一辈子没生小孩，老来膝下无子，不免有些寂寞。所以老郑爹对院里每一家的孩子都特别疼，兜里永远备着小动物饼干、水果糖。

有年除夕，突然满院子听到老郑爹欢快的通知声：来我家吃饭！都来都来！我凑热闹跑过去，只见他家桌上堆满香喷喷的饭菜，蒸好的馒头摆在一边像座小山。屋里除了老郑爹老郑奶，还多了个人，一个解放军，齿白唇红，穿着挺括的绿军装，红领章分外耀眼，目光柔和地对我笑。

后来得知，这是老郑爹当年收留的一个弃婴，老两口省吃俭用把孩子拉扯大，送去参了军。一去经年，孩子刻苦上进，节假日从不休息，很多年没回来过了。这次因为刚刚升职为排长，荣归故里。

那天解放军跪在老郑爹膝下，老郑爹使劲胡噜娃的头发。那天夜已很深的时候，还能听到一向说话声音不大的老郑爹亮开嗓子的笑声。

老　武

老武四十岁上下，长得仪表堂堂，白，胖，金丝边眼镜后头，突着一双细长眼，有精光。老武穿衣服喜欢把衬衫掖裤子里，三伏天儿也穿衬衫，不过长袖换成短袖，还掖裤子里，走到哪儿都背着手，很像电视里领导在视察。

起初在一场文艺青年聚会上见到老武，雪白的短袖衬衫，一看就是高档名牌，还是场面上的体面人喜欢的那种俗大牌，在一群花花草草、随意成性的 T 恤中，像一棵高大的云杉，挺拔而扎眼。

老武正跟边上人聊天，气定神闲地说起，他在国外看一场芭蕾舞，很震撼云云。然后，突然，特别不经意似的，老武说：他们国家的总理，就是那谁，原本和我同一个包厢的，后来家里突然出点事没来，耽误了耽误了，我还说问他个事儿呢。

从此觉得老武不是一般人，挺有背景。

不久又见老武，在一个红酒品尝会上。天气凉了，老武穿长袖衬衫了，还掖裤子里。那天老武在和一位职场成功女性打扮的中年妇女聊，我坐得不远，听到在聊茶与酒，又从茶聊到禅，引经据典，滔滔不绝。语调铿锵有力很自信。说的都是总揽全局的话，比如说，比起红酒，茶的味道变化要差远了。

我平时好喝茶，听这话题竖着耳朵要往下听，那头却换了话题。老武对那妇女说：你好喝茶的话，明儿去我那儿拿，好几个部委的大秘们，别的不趁，就趁茶，一过节就往我这儿送，完全搁不下，烦死了。我听到此，不禁又羡慕的目光投过去，老武脸上真是烦死了的表情。当时心想，这老武不光有来头，还都是硬来头啊。

说来也怪，自打认识老武，耳边总有人提他，有说他刚在一场拍卖会上拍下一件青花瓷的，有说他刚从布拉格考察房地产回来的，甚至有一次听说，他去太平洋某个岛了，说要在那儿住几天。不过小住仅是表面现象，实则老武动了退隐红尘之心，听人说那岛不错，去瞧瞧，好了就买下。

240

这类消息听多了我又暗想，老武真是钱权皆备，不得了的人物，自不是我辈随意可以沾惹，从此有意远离。可是，偏偏自打认识老武之后，总在各种聚会上频繁邂逅，只得匆匆打了招呼，赶紧闪。

那年冬天奇冷，各路朋友好似要配合天气的冷峻，走动突然少了，偶尔聚一次也是相对傻笑，不时冷场。以前天天聚的人，冷下来一想，其实也没什么可聚的，志趣并不相投，人品也并无互相欣赏，怎么就会密成那个样子呢？

不过有一次，冷场突然被一个话题冲破，一伙子人叽叽喳喳吵到夜半，这话题就是老武。

据说，最早是有一位喜欢较真儿的哥们儿，某次又听到老武聊到那场芭蕾舞，这哥们儿记性好，听着听着不对劲，不禁发问：老武你上次说的可是那国家的总理，这次怎么成议长了？

从此这哥们儿较上了劲，开始遍查老武的各种传说，得出来的结果大多是芝麻，但是人们口口相传的老武故事里，都是西瓜。比如那场芭蕾老武确实在场，他是某大媒体记者，奉命前去采访，确实被允许可进议长包厢，和其他十几家媒体同行一起对议长进行集体采访。比如太平洋的那个岛，老武确实去了，是和女友度假一周。度假期间，老武和岛上居民聊天，说当地的农民房子，一平米只合人民币几百块，老武和女友不禁畅想，买它几十平米留作将来养老。

小　顾

周末天气真好，春天再晚还是来了。朋友说，冬装一卸浑身轻，不如上山？我们奔了西山，去探小顾。

小顾是朋友的朋友，当初他们刚认识没多久，朋友就来说，一定要认识小顾，这般那样。我这一通听下来，未见人已仰慕。

车过三环，四环，五环，继续向西。到山脚下仍不停，盘山而上。开始还是大路，两边旅游小商品店东一篷西一簇，癞头疤脸的样子。渐渐前行，目所及处，景象虽荒凉却空旷得清新起来。

一路上朋友接了小顾两通电话，交代怎么走。未见其人先闻其声，这份操心这份细腻，可见是个细心周到的品性。

路越走越窄，路穷处，半山兀现一个小村落，忘了叫什么"旗营"。下车步行，深一脚浅一脚地穿巷过巷，来到一个小院前。院门口小顾站着，阔脸但瘦，戴眼镜，斯文腼腆又不失刚强。旧蓝色毛衣，基本算个光头。很多人三四十岁了剃光头，才发现不知何时脑袋上留下疤，大多是童年嬉耍没轻没重的纪念。小顾后脑勺也有一个。

所谓院子，四五平米，灰砖铺地。一间大屋，隔成丁字形三间小屋，各七八平米。一间是卧室，一张床，一个床头柜，一盏台灯，一筐衣物。一间是厨房，灶台，颇有年头的两屉桌，桌上搁着切菜的案板，和刀。再一间是客厅兼书房，书柜，椅子，两个圆板凳，又一张两屉桌，桌上一张古琴。琴是小顾自己做的，仲尼式。

小院对面还有间二十平米的民房，也暂时属于小顾。据说原来是间车库，被他改成斫琴的作坊。推门进去，屋角堆着十几块琴坯，开了膛，安了雁足。

其实，旧蓝毛衣，包括物质条件，包括细心周到，包括斫琴弹琴，甚至包括穿越癞头疤脸的大路，深入荒凉清新的村落，所有这些，正是我之前听说的小顾，一路参观下来，只为亲临其境体会，并无惊异。而所有这一切，又都可以看作是对小顾这个人的描述。概而括之，我说他是一个隐士，一个苦行的隐

244

士，一个当代北京苦行的隐士，一个当代北京苦行的年轻隐
士。小顾还很年轻。

小顾江南人，读完大学去了一间名气不小的寺院，在斋堂做了
一年饭，走了。后来小顾有缘跟了一位大琴家学琴，一学十
年。再后来小顾找到这个村，租了这个院，又租了院对面的车
库，一住五年到今天。

问小顾，为什么去了寺院却又走？小顾说，心里一根柱子倒
了。还说，也奇怪，进去了，反而倒了。又说，好在还有一根
柱子在。说到这里，小顾抚着琴。然后说，但愿这个别再倒
了。又问小顾，怎么谋生呢？小顾说，不用太多钱，反正还活
着，不很难。

午后阳光灿烂，照进小顾的书房，却是雾蒙蒙的，像拍电影布
的景。其实不过是窗户玻璃脏了。我们坐着聊天，东一句西
一句的，小顾无不细致耐心周到地回应，甚至是热情的、好
客的。

请他弹琴，毫无扭捏，一曲《乌夜啼》。开始听只注意四弦有
煞音。再静听，琴声里微有些躁。突然意识到，一个隐士，大
概不太欢迎有人慕名拜访吧。

忘记在哪里看到的了，古时一个出家人，闭关十几年，出关后禀性有变，变得对这世界很冷漠。可是作为已有证悟的一个师尊，他对每一个弟子又无比细致耐心周到，甚至是热情的、好客的。

一念及此，起身告辞，下山。

东　子

东子是我高中同学，长得颇具古风。瘦，一直不留发，面部干净，眉目细长，却又棱角很果敢的硬。夏天两件白色的老头衫来回换，冬天就一件黑棉袄，只穿里子，没有罩衫。总之，还是古风中的清癯一派。

东子老旷课，不是一节课两节课，或者一天两天地旷，而是经常半个月不露面。开始大家都奇怪，老师找家长，家长说了，谁也不知道他干吗去了，家也没回。这下老师更奇怪了，但看家长一副习以为常的神情，也只好随之任之，心里将东子打入另册，随他去。

当然，单凭家长一句话，老师不致如此决绝，老师也是目睹了东子在校期间种种行为，脑海里早揣了一百多个问号，家长的话不过是决断前的最后一根稻草。

东子如果来学校，也是独来独往，整天几乎不说一句话，也几乎不与任何人交流。课间同学们在操场踢球玩耍，东子戳在房檐下，凝神看似的，可心思显然不在。或者抬头看天，一直看，天上云彩确实分秒变化，可他显然也不是看云彩。

东子在教室坐着，班上同学如果嫌老师讲课没劲，思想开小差，就会盼着东子那里出点什么幺蛾子，解解闷儿。东子像是洞悉他们的心思，冷不丁儿就能拢点废纸，在课桌肚膛里点把火。一股白烟悠然溢出，紧接着一股呛人的烧纸味道充斥教室。课堂立马乱套，老师训，同学乐，有人喜，有人愣。东子逢这时候就呵呵傻笑，都乐出声儿了。

我那时也在人生疑惑期，心里百转千回，化作外表一个不合作姿态，也喜欢独来独往，喜欢旷课。旷了课就去学校边上一家中国书店，在书架前打发光阴，和古旧书收购部的老头儿聊天。在那里，不时会与东子相遇。

我一般在文史哲类书架前忙活，东子每次去只看一本书，丁福保编的《佛学大辞典》。两个少年各自古怪着，互相招呼都不打。只有一次例外，他溜达到我旁边不远处，从书架上抽出一本书，开始是一页页读，很快便哗哗哗翻，越来越不耐烦的样子。突然他手指头划拉着书页，很生气地对我说：全错！全是错的！全是错的！书放回架子上，我瞥了一眼，是本《西游记》。

后来有一天，课间我也在房檐下闲站，冷眼打量操场上欢快的人群，东子突然出现在身后，没头没脑地对我说：别担心，一切都没什么可担心的。我被说得一头雾水，莫名其妙地盯着他。他就补充说：要过节啦，你知道么，节就是劫啊，我们又要度过一劫啦。

那是寒假前夕，快过年了。

自那以后东子突然对我热情起来，有天居然还邀我去他家玩。他和哥哥住在大杂院一间小平房里。屋内摆设简单到不能再简，东子的哥哥正在一旁摆弄些电子元件。东子看我奇怪的神色，解释道：我哥是个半导体爱好者。东子粗暴地将那些零碎儿胡噜到一边，拿出本世界地图给我看，上边有蓝色墨水画出的不少线路。东子手指在地图上左奔右突，嘴里说着他的计划：穿红海，去耶路撒冷。我正不知如何接茬儿，东子的哥哥在一旁冷冷道：你甭听他吹牛逼，他长这么大，东城区都没出过。

中学毕业后再没见过东子。有年冬天我在公交车里缩手缩脚坐着，突然看到街边马路上，一个穿着黑棉袄的汉子，举着把塑料的青龙偃月刀，呵呵傻笑着呼啸跑过，旁若无人。那人很像东子。

小　冯

好多见过小冯的人都说，重拍《红楼梦》还找啥宝玉啊，小冯最合适了。

小冯大眼睛，长睫毛，满脸干干净净，一颗斑斑点点没有。脾气又好，从来不急，说话慢悠悠的，讨姑娘们喜欢。好多人心中的宝玉就这样。

说到演戏，还真和小冯有点关系。小冯毕业于戏剧学院，不过不是表演系。小冯这辈子从未演过戏，倒是当过话剧制作人，早年还带过演员。在他们行当里，"带演员"就是做经纪人的意思。他负责带的那位演员走谐星路线，意思就是以丑、怪见长，所以小冯带他去各种颁奖礼、演艺界派对，二人角色经常被弄颠倒，主角儿经常被当成跟班的招致冷遇。世事就这么残酷，单说谁丑谁俊难分高下，一丑一俊并一起，高下立见。

小冯在文艺界玩了几年，很快觉得无趣，不带他们玩，改自己玩了。这一历程搁常人那儿，应该叫工作、辞职、创业，也算一场天翻地覆，搁小冯头上不过一场玩乐而已。小冯太爱玩，也太会玩了，关键在他有一颗天塌下来无所谓只要有玩就成的心，所以任何事到小冯头上，就一个"玩"字。

小冯的玩可不是随便玩玩，一玩就是专业。改自己玩了的小冯主玩两样，茶和剑。

茶呢，小冯是茶道高手，一口茶下肚，何产地、何海拔、何品种、何树龄、何年份，当年当地雨水足还是旱情重，甚至做茶人的手艺几斤几两，小冯能跟你聊上俩仨小时，把那些树叶子草根子的底细全给你兜出来。

小冯不仅擅喝茶，还开了家小茶馆，不为营业赚钱，只为朋友相聚有个据点，多好的茶拿出来随便喝。不仅开茶馆，小冯还深入茶产地，自己做茶。不光做茶，小冯还收藏与茶有关的古董，史上名家的紫砂壶、愈来愈稀罕的茶盏托儿，琳琅满目。每次去他那里，都得先逛个把小时，也未必把他新收来的物件看全。我每次去了，最爱看他收的各种茶盏托儿，就是现在好多酒吧、咖啡馆时髦用的杯垫的前身。铜的瓷的，木头的犀角的，各种材质，造型各一，特别新鲜。

剑呢，小冯屋里挂着十来柄剑，柄柄有来历。有日本国宝级的明治时代制剑高手作品，也有中国古人传下来的名剑。小冯不只收藏，自己也能来两下子，他在日本专门学过剑道，有专业五段证书，漫不经心随便比划比划，已是剑风凌厉，气势逼人。这会儿的小冯，当然就不像宝玉了。说起来，茶与剑，一柔一刚，也恰是小冯的两面性。

小冯的玩，有家传，基因里带的天性。小冯是满人，祖上是大清朝的皇亲国戚。正因此，小冯随便玩点什么，细节上都轻车熟路，雅得一塌糊涂，专业得叫人咋舌。好比有朋友结婚，别人都送大俗礼，小冯到高碑店找了件虽然破得不像样子，但仍属地道黄花梨的老家具，劈了，老木新做，照明末样式做了个官箱。临送出时，小冯让早年间见过大世面的奶奶把把关，问样式合不合。奶奶说样式正，不过不兴空着送的。于是小冯从家底儿里掏了把小珍珠、小翠件儿、紫砂件儿搁里头了。受这大礼的朋友几天合不拢嘴。

有人纳闷了，小冯哪来的银子这么玩呢？其实不奇怪，小冯懂古董，还愁没钱花么？就说前不久吧，一天小冯研究一件新从日本淘回的黄铜茶托，不知不觉彻夜不眠，已是凌晨。小冯毫无睡意，索性出门直奔潘家园。天不亮的潘家园文物市场，虽说九成九都是假货，但真有慧眼者，也总有碰着运气的时候。小冯那天摸着黑发现了一串念珠，当时没太看明白，但凭经验，凭学识，直觉是个好东西。小冯和商贩一通盘道，最后花三百块拿下，回家睡大觉。午后醒来，洗漱完毕，好茶伺候，一通擦摸洗揉，仔细甄别——天哪！

一个月后那串念珠被小冯几十万卖掉。

小 蒋

傍晚，昆玉河畔一幢写字楼里，小蒋的目光从已经盯了一天的电脑屏幕上抬起，习惯性地抻了抻腰背，关电脑，下班回家。临出门前没忘抓一把鱼食，撒向办公室里用砖块砌成的大鱼池，里边二十多条锦鲤欢腾跳跃。

手机铃声响到第十声，出租车上早已滑入梦乡的小蒋被吵醒。是他熟识的一个救援队队长打来的："赶紧启动你的救援平台，又有人在磨盘山出事了……"小蒋全身肌肉一振，本能地看了一眼手表，19点整。从这一刻起，作为小蒋的他退居二线，作为"巴顿"的他粉墨登场。

白天，小蒋是一间不大不小的 IT 公司总经理，开发软件、谈客户、做计划、技术改造；夜幕降临，如同蝙蝠侠换上一袭黑衣,他会变成"巴顿"。

北京登山爱好者的圈子内,"巴顿"是个响亮的外号,得名于他长得很像英达。英达在冯小刚电影里巴顿将军的形象深入人心,他便被山友们戏称为"国产巴顿将军"。他在山友圈中,因为进入得早,所以尽管因为腿伤已多年没有真正登过什么高山,照样有他一席之地。

至于他的救援平台,全称叫"58—85志愿救援网站",服务对象是全国的"山友"。工作流程大致是,搜集各种与登山探险相关的资料信息,通过资讯整合以及一些技术设置,力争做到如有山友突遇危难,可以迅速启动,组织有效的紧急救援行动。

这个平台在小蒋看来,属"巴顿"专有,因为和他作为小蒋这一身份开发的所有软件不一样,它从一开始就是"巴顿"的一件私事、纯公益的事、好玩的事。小蒋说,自己爬不动了,能为还在爬着的人提供些支援,让他们爬得专业点,更有安全保障,"感觉很爽"。

目前绝大多数登山行动,还处在随心所欲的阶段,有副好身体,买点户外装备,撑死了再备个无线电台,挑个地儿就出发了。在小蒋看来这太业余,太危险。成熟的登山爱好者出发前,除了那些必要的硬件准备,还会做计划书,公布给其他山友，一来可以获得对这条路线更有经验的山友的补充，二来万一发生意外，救援可以更及时、更有效率。

小蒋的"58—85"正是照这路子设计的，登山者只要加入他的平台，同时保持任何方式的通信联络，即可无后顾之忧。就像飘得再远的风筝，总有根线牵着。

话说那天，"巴顿"20点整到家打开电脑，救援平台上已有不少人关注此事，正在讨论救援行动的组织。他要做的，就是找出磨盘山各种资料，有地理意义上的，也有其他山友之前的经验和建议等等，收集起来，再根据需要传递给前方的一线救援队。

果然，找到了他们最可能的迷失点。21点，两支救援队自北京市区出发，奔向磨盘山。"巴顿"在家遥控协调，分别从前山、后山两个方向向上搜救。次日凌晨不到1点，心一直提在嗓子眼儿的"巴顿"终于接到其中一支救援队打来的报喜电话，被困山友全部营救完毕。"巴顿"长出一口气，同时没有忘记迅速联络另一支救援队伍，请他们原路折返。

4点半，"巴顿"从沙发上的睡梦中挣扎着醒来，再次致电救援队，确认被困山友已顺利回家，这才关掉电脑，向卧室走去。最多还能睡四个小时了，四小时后，光明将重新洒满这座城市，他将变回那个兢兢业业的IT公司总经理——小蒋。

小 陈

小陈主意极多，脑袋瓜好像三伏天的冰棍儿箱，随时掀开，沁人心脾的一个主意就拎出来，无不奇思妙想，消渴解烦，正中下怀。

通常形容有类人，光长心眼儿不长个儿，看似贬人个子矮，实则夸人机灵聪明。小陈就是这类人，身高一米六将将够。

因为机灵聪明，小陈永远走在时代的前列。初进大学，刚刚推翻父母两座大山的少男少女忙着谈恋爱。小陈五短身材，不在女生首选之列。小陈不怵，开始写诗。刚写几首便招来好多女同学的小粉脸儿。目的达到后，小陈投笔了。许多年后，同学当中有几位在诗坛小获名声，但他们心里明白，那是因为小陈不写了，否则没他们什么事儿。

小陈大学毕业时，社会还很传统，经济大潮尚未驾到，同学们死乞白赖要留北京，为分配单位风光与否斤斤计较。中文系的学生嘛，报社，杂志社，出版社，最不济也去当了各级领导的小秘书，以期将来大发展。小陈却一头扎到还很贫穷的广东沿海某小城，做了证券市场的红马甲。几年过后，同龄人都忙着下海的时候，小陈已经上岸了，把户口落在北京，找了个公家单位，结婚生子，过起太平日子。

生孩子这种瓜熟蒂落的平常事，在小陈那儿也不等闲视之。小陈中医世家出身，父亲乃威震一方的名医。小陈自己准备好了的时候，就把父亲接到北京，好吃好喝招待了，从父亲手中求到个秘方。十个月后某一天，小陈的一个同学兴冲冲打电话来，炫耀自己喜得贵子，小陈热烈恭喜一番后，很平静地说，可巧，我也刚刚有了下一代，俩，龙凤胎。电话那头的同学都忘了回贺，臊眉耷脸挂断电话。

渐渐地，一班同学都已"奔四"，在各自领域好歹都混出点模样，这局长那处长、C各种O，都在互相串联，要谋人生二次飞跃。这时的小陈从公家辞了职，先去了家民营企业做销售，不求名但求利，很快挣了大钱。然后，急流勇退，刚过四十岁，居然自己给自己发了退休证。

同班同学们都在紧锣密鼓忽悠大事儿，小陈却热爱上了摄影。

技术越来越好，当然，器材也越买越贵。小陈开着那辆跟随自己多年的富康车，天南海北转。和普通人外出旅游不同，小陈一走两三个月，按系列玩，古镇系列、老少边穷系列，诸如此类。两三年下来小陈瘦了一大圈，面色好到娇嫩，同学聚会时，大家恨不得想管他叫师侄。

小陈优哉游哉这几年，周边的同学可惨了，纷纷经历了人生最痛苦阶段。四十岁是转型期，大多脆弱，加之社会节奏越来越急，纷纷招架不住，今天这人抑郁症了，明天那人慢性病了。四周一片心灰意懒、退休之声不绝于耳，小陈突然结束了云游四方的日子，从众人眼界消失了。

小陈再出现时，冲大家一抱拳，朗声唱道：无量寿福！原来小陈进山拜了师，开始学道。道家门派林立，小陈的师父是以道医见长的。小陈中医世家出身嘛，有底子，甚至还有点小绝活儿。有中医做底再学道医，如虎添翼，在医学上有了不小进展。

再有同学聚会，小陈最积极，目的很简单，看哪个同学身子骨不得劲儿了，帮着治治。有天当年的几个校园诗人聚在一起，酒酣耳热后，小陈酒杯一掷说：比写诗我现在比不过你们了，我就跟你们比比谁活得长。都来都来，都来比，谁也别落下。

小 茹

大学四年终于熬到了最后一个夏天，学分修满，考试全过关，小茹的心野了，开始疯玩。白天睡大觉，醒着也是恹恹的。天一擦黑就满脸放光，跃跃欲试，冲出校园，融入北京洪流般的车阵，向饭馆、酒吧、夜店飞奔。

同学们都在忙正事儿，四处应聘寻出路，小茹看似不着急，天天玩，其实心里有更大谱儿。她可不想按部就班到公司或者什么国营单位从小职员混起，小茹的宏伟计划是，毕业后第一年，挣到人生的第一个一百万。

小茹的策略是，先直接进入事业成功人士的圈子，再寻求突破口。凭的呢，就是自己年轻貌美。

事业大成功者，岁数太大，都是父辈的年龄了，而且见多识广，身边也不缺美女，不合适。二十啷当岁的小伙子固然也有成功的，但不稳定，积累太少。最合适的，是那些三十出头的，已经打拼了十几年，小有成就，正春风得意心思活，年龄上和自己也只有十来岁的差距，合适。

小茹天天和这些老男人混，跟着吃跟着喝跟着玩，享受美女待遇，处处受照顾。有时候小茹也会想，自己这样是不是太功利了？转念琢磨，这些老男人也是个个有才情，风趣幽默，比那些傻不棱登的同龄同学好玩多了，至少一起玩不闷吧。想到这里小茹坦然了，天性就喜欢成熟的异性吧。

更何况小茹还有一百万的目标呢，这一宏愿小茹从不掖着藏着，一次和几个老男人正喝泰奎拉蹦，欢笑中小茹突然发出这一豪言壮语。

老男人之一颇不以为然地问，你个刚毕业的小丫头，怎么实现呀？

小茹像在学校参加"四有新人"演讲一样，从容不迫答道：就说你们几个吧，白天在各自的领域中叱咤风云，晚上凑一起就纯粹喝酒玩耍，从来没有想过合纵连横。其实你们之间就存在好多生意，但你们没这心思，也没这时间。没关系啊，现在有我啊，我来做这件事，我靠你们挣钱，但我挣的永远只是小头儿，大头儿肯定还是你们的，谁跟钱有仇啊你们！说到酣处，小茹豪情万丈，不让须眉：这个时代早不是做双鞋子挣十块、做一百双鞋子挣一千块的时代了，现代社会，必须要靠合纵连横，寻求利益最大化。

像小茹一样有宏愿的人很多，像小茹一样脑子灵的人也很多，但是到头来没几个人实现愿望，原因出在十人九懒。小茹不一样，有理想，也真实干，很快摸索到头绪，将愿望落在实处，起早贪黑真抓实干起来。

老男人们当然由着她，凡有要求必配合。小茹很懂事，每次提的要求都合情合理，从不为难每个人。老男人们毕竟社会经验丰富些，嘴上不说，心里明白，小茹能做到这一点，背后下了多少苦功夫。如此一来对小茹的照顾中，又多了些敬意。

一年过后，小茹和几个老男人冲到夜店蹦迪，天快亮要散时，老男人要买上万块钱的酒单，小茹一甩头发说：我买过了，今天是我毕业一周年纪念日，我真的挣到了一百万，算我请几位老人哥。

本来要散的酒局重又开张，大家为小茹举杯庆贺。酒至深处，小茹借着酒劲，恳请大家安静，说有事宣布。"其实，早就爱上你们中的一个人，但怕耽误做事，更怕关系复杂你们说我俗，一直强忍到今天，你们都不知道，包括我爱的这个人，今天，我实在忍不住了……"

小 魏

小魏生于七十年代的江南，那时计划生育还不是国策，但她是独生女。父亲是东北人，母亲是安徽人。老婆婆们中间流传一个说法，说父母家乡的距离越远，子女的基因就越好。这话至少在小魏这里应验了，东北人的大高个儿，江南人的细腻肤质，长腿，五官清秀而有韵味，是真美女。

父母太娇惯的孩子，可能会向两个极端发展，或者慢慢成了温室花朵，胆儿小；或者因为从小任性无人约束，长大了更不知道什么叫害怕，勇闯天下。小魏是后者。

小魏十八岁高中毕业，没考上大学。在家闲了半年多，天天看着家属院里老头老太太们打拳晒太阳，一副怡然自得过日子的闲劲儿，气就不打一处来。她开始嫌弃这个生她养她、如诗如画的江南小镇了。

不是不知道什么叫害怕嘛，父母一个没看住，小魏买了张火车票就奔了北京。

先投奔中学时追求过她的一个男生。男孩考到北京上大学，一个陌生环境，本来自己正晕得找不着北，猛不丁儿梦中情人驾到，好像一夜之间成了大人，肩上沉沉的全是责任。男孩先到女生宿舍给小魏找床铺凑合了几天，后来编了各种理由向家人要钱，在学校附近为小魏租了间民房。

小魏明白，自己对这男生没感觉，但是一来正值情欲萌动的年纪，二来感激之情总是有的，索性就让男生一起来小屋，同吃同住。男孩乐开了花，小魏心头的歉疚也顿时烟消云散。

男孩上课的时候，小魏就四处逛，领略北京之大。慢慢地，各种因缘，小魏在北京有了三两个朋友。又随这两三人认识了更多人，和他们一起参加名目繁多的饭局，深夜了，还在夜店里舞到浑身热血沸腾。

美女总是处处受欢迎，加上小魏性格洒脱，能玩，天生说话得体，很快，很多男人看小魏的目光都热辣起来。

一个下雪的清晨，小魏在床上腾地坐起，身边正在酣睡的男孩子吓了一跳。小魏神经质地冲着天花板说，我要离开你了。

不顾男孩满脸淌泪哀求，小魏只带了两件从家乡来时带的衣服，搬到一个比自己年长十岁的男人家。男人是个画家，和小魏在夜店相识，小魏喜欢他身上怎么洗也洗不净的油彩气息。

小魏跟着画家，和北京的年轻艺术家们一起玩，天天听他们海阔天空地骂骂咧咧，喝大酒，醉了就一大帮人和衣睡去，甭管在哪儿。小魏觉得这样的日子挺好。可是没多久，画家突然把破破脏脏的衣服都扔了，买了两身西服，天天忙着参加各种体面的活动——社会上不知道为什么，突然流行起油画收藏了，画家一头扎进了钱眼儿里。

画家阔了起来，小魏却越来越郁闷，一个无比闷热的夏日清晨，小魏跟画家说，我走了，没想到你也是个大俗套，你现在身上全是香水味。

不知不觉小魏三十多了，现在和一个外国男孩在一起。男孩在北京留学，很穷，比小魏还穷。小魏开始到处求职，到公司当秘书，到画廊帮人组织活动。好在小魏这些年喜好交游，社会关系众多，大家都愿帮她忙。小魏工作得很出色，薪水不断涨。

朋友们跟小魏开玩笑，好歹一大美女，追你的男人那么多，何必养个小穷鬼。小魏说，穷不是问题，我要真诚，要快乐，不要大俗套。小魏说，小男孩在她面前，简直就是透明的。

莫　莫

莫莫跟他妈说：老张，你能干点正经事儿么？别整天忙那些没用的，咱把腾讯买了。老张丈二和尚摸不着头脑，问为什么。莫莫说：我换个 QQ 号打游戏。

这件事上有好多信息，比如莫莫和他妈的关系很现代，可以直呼老张。比如莫莫是个富二代，家里不缺钱，腾讯这么大的盘子都敢想着买。还有，莫莫对商业啊社会啊什么的没兴趣，只喜欢宅在家里打游戏。

没暴露的信息是莫莫的年龄，假如莫莫七八岁，这故事可当笑话听，可他不小了，来年整整三十。所以，莫莫明白他在说什么，虽然说得也并非百分百认真，但也绝非随口玩笑。

见过不少富二代，莫莫是当中一个异数。有的富二代喜欢早早掺和家族企业，二十出头就蹙眉世故，老成持重。也有的富二代只知消费，名车靓女不离左右，找找女演员闹点绯闻算客气的，甚至撞车打人让父母跑派出所检讨痛哭的。还有的富二代虽然个性内敛到像扶不起的阿斗，偏偏爱上个古董收藏什么的，亿万家产不够花……莫莫和他们都不一样。

莫莫极少让妈妈操心，天天家待着，除了打游戏就读书，再不就是跟狗玩。莫莫养了一条雪白雪白的萨摩耶，狗通人性，明白莫莫对它不错，有时闯了祸，莫莫劈头盖脸一顿揍，不改一脸友好之色。

钱财方面，当妈的更放心了。莫莫不上班，不挣钱，但是妈妈疼儿子，不时给他。可莫莫极少出门，出门也有家里的司机送，连车资都不需，所以基本没花钱的时候。除了偶尔买个电脑，买两张游戏卡，还有偶尔的小零食儿，剩下的钱全存起来。有时妈妈想换口味，拉他出去吃，莫莫问："吃什么？"妈说个高大上的涮羊肉馆名字，莫莫说："不去！"妈问为什么，莫莫说："太贵，楼下新疆小馆吃碗拉条子，要俩羊肉串，不也是羊肉嘛。"

至于美女，莫莫当然也爱，不过，莫莫在最高等艺术院校上的学，学的还就是表演，全中国最美的女演员，半数以上是他师姐。同班那些小女孩,只是时间问题,迟早也是。所以莫莫早把美女看透透,没兴趣。在校四年,同学之间男男女女交叉换位,如同过家家做游戏,莫莫闷头单身。

后来有一年,莫莫去云南玩,晚上在酒店茶馆喝茶,泡茶的姑娘是个少数民族,天然、质朴、真率,莫莫当即被迷住,一年没停往云南跑。一年后姑娘辞了工作,来了莫莫家。俩人一处四五年,从没红过脸。帅哥靓女,人见人夸,莫莫听烦了,说你们能不这么肤浅吗?悠悠万世,两颗真心相遇才重要。姑娘听了这话,一旁羞红脸。莫莫一把搂过她:妞儿,咱回家,不跟这些俗人说这些没用的,咱回去打游戏。

莫莫管好多事都叫"没用的",经商啊,社交啊,名牌啊,跑车啊……莫莫打心眼儿里视这些如粪土,莫莫不喜欢这些物质层面的玩意儿。而游戏,在他看来,如梦,如缥缈神奇的另一个世界,他在那里遨游,可以逃避已经渗透到现实世界每一个角落的物质气息,这让他在必须存在于此的这方天地,寻找到一个稍微神清气爽的小角落。

不只是游戏,不是说还读书么?莫莫读道家的书,不仅读,还实修,参考古今各位大德的实修体会,用不多的出门机会结识名师,讨得方法,回家苦练。和莫莫在一起聊天,不时会看他突然眼神有点僵直,不必奇怪,那是他又在"致虚极,守静笃,万物并作，吾以观复"呢。

许是最近莫莫的修行遇了拐点，在妈妈的劝说下，居然同意走出家门，一走还就不近，要和妈一起去美国度假。到使馆签证，帅哥签证官拿着他的材料看，纳闷地问：您是学表演艺术的？莫莫不卑不亢答：是。又问：那怎么当上公司董事长了？还这么年轻？莫莫继续如实答：您不妨看一眼我和公司总经理的关系就知道了，她是我妈，她想让我学习经商，家族公司，你懂的。签证官心知肚明地笑了，"啪——"签证章就盖了。

姚大姐

那天闲，懒洋洋坐那儿泡茶，突然想到姚大姐。念头来得太突然，像半空毫无来由彩虹惊现，有点奇，就随它散漫飘逸。

姚大姐是上海一家老牌文学杂志的名编。九十年代初文学尚热，杂志社和出版社的编辑绕世界出差组稿。编辑部的管理方式一般是分片包干式，张三管东北、李四管西南之类。北京作家云集，至少得有一人专门盯。姚大姐分管北京片儿，所以常来。

我与姚大姐同行，在一家出版社做编辑。很多文学编辑自己也写作，比如我们编辑部的水舟，小说写得很好，姚大姐对他很看重，编发了不少他的作品，每次来京，会找他聚聚。

那时的编辑部，常见一景是集体聊天。办公室大多狭小，十二三平米的屋子，四五张办公桌。平时各自闷头读稿，一有外人，尽管是冲某一个人来的，既然坐下聊上，别人也很难再静心工作，索性聊成一片。就这样，一来二去我与姚大姐也熟了，我编了新书会寄赠她，她也定期给我寄杂志。来往之间，还会顺便写封信。她的信都写在稿纸上，极少涂改，字体娟秀而偏，像她为人，爱干净，灵秀，随和中又有一些笃定的坚持。

和姚大姐这样的人交往，有点像那句老话，君子之交淡如水，来往不勤，但相互关注。这样大概过了五六年，我进入人生最忙碌的阶段，给姚大姐的书越寄越少，我每个月收到的杂志堆中，也见不到姚大姐的杂志了。

姚大姐也是个作家，写散文，原来常在报刊上看到，都精心读。渐渐也见不到了。有一天想到这一点，暗自揣测，可能和我一样，杂务缠身，没闲心写了吧。

光阴似箭，又一两年过去，有天我们开选题会，水舟报上一本《白话贤愚因缘经》，译者竟是姚大姐。我恍然大悟，姚大姐可能成了佛弟子，开始修行了，怪不得联系少了，也不写文章了。这本《白话贤愚因缘经》像一个证据，一下子被我窥破似的。

这一幕至今，眨眼又十多年了，世界起了很多变化，我自己也成了佛弟子，之间全无姚大姐任何消息。今天突然想到她，不禁有点好奇，便到网上搜索她的踪迹，想知道她这些年可好。

信息很少，且大多是久远年代的事，近十年的消息只一个内容，说她已退休，出了本新书，散文集，《手托一只空碗》。这样的书名，显然与佛教关系密切。零星的荐书信息上，提到作者时称她为姚育明居士。散文、佛教，姚大姐将此二者融合在一起了，一个随顺自如的姚大姐宛在眼前。

年轻时不太理解原本密切来往的亲朋好友怎么就会突然消失、断了消息，总觉得其中必有什么不可告人的隐情。现在渐渐明白，人的一生，种种缘分看似神秘，其实再平常不过，一切自然而然地发生。四五十岁才摸索到人生正道的大有人在。所谓突然消失，其实不过是发现脚下正走着的路，虽然现成方便，轻车熟路，但会越走越窄；而另一条康庄大道已被发现，当然要去开拓进取了。走新路，自然就有新旅伴，自然冷落了旧同行。

当初窥知姚大姐走上修习之道，还纳闷过为什么放着好端端的杂志不做，选择了这条道路。后来亲友中也有一位开始修习，我与他热烈讨论：太早了吧？你我不过三十来岁，不如老点儿再说？我陪你一起勇攀高峰？那位亲友当时感慨道：我的感觉正好相反，不是太早了，而是太晚了。时至今日我也想说，不是太早了，而是太晚了。

老　张

老张今年六十多岁，已退休，以诗人名头行世，不时会有十来行的小诗在报端发表，写得直白，常含小哲理。不光写诗还评诗，发表在《文艺报》这样的专业媒体，文风老派，有板有眼又有股气势，很像领导部门下发的盖棺论定。

老张退休之前也写诗，但写得少，因为本职工作繁忙。那时候他在一家文学出版社做编辑，三五年时间，编辑出版了二百多人的诗集。这年头诗集显然不好卖，老张不该那么忙，但他爱诗又爱出版，没有条件创造条件也要上。真应了那句话：这世上怕就怕认真二字，渐渐地，老张摸索出一条路。

文艺界很多领导喜欢舞文弄墨。年轻点的公务繁忙，年纪大的，长篇大论写不动，如此一来，都爱写诗。老张就编这些人的诗集。领导嘛，出版社归人家管着呢，市场再不好面子也要给足，于是一本接一本，一套接一套，老张徜徉其间，偷着乐。

老张做编辑前，是出版社的财务科长，来出版社前也一直做财务工作，几十年的老财务。那时候出版社员工中午都在食堂吃饭，东一桌西一桌，天南海北神聊。老张不爱和财务科的下属坐一桌，倒喜欢找编辑，老张觉得和他们更有共同语言，老张经常提醒那些编辑，他大学读的可是中文系。

年轻时喜欢文艺，读中文系写小诗。工作了做会计，穷其三十多年努力，做到财务科长。临退休了变成诗歌编辑。退休了又重回喜欢文艺，写小诗——这是老张的一生。这一运行的轨迹，也是很多老张同龄人的人生缩影，身不由己，既荒诞又真实。

对这样的人生，老张的态度很矛盾。一边经常跟人讲，自己诗意地生活着，很快乐；另一边呢，老张表达快乐时，经常不知不觉中就用了自嘲的方式，字里行间有个时时闪现的"怨"字。

两种心态下，老张会提笔。心里有怨时要写诗，这不用说了；心里高兴时老张也要写诗，常在酒后，或者心里有什么喜乐，尽管都是转瞬即逝的一点点可怜的乐，老张会立即捕捉这样的瞬间。然而怨是一天天、一分分、一秒秒积攒下来，一层摞一层，几十年的积累，密实顽固，根扎得很深，所以那点喜乐，经常刚冒了个小气泡，去费力捕捉时已经晚了，如云烟消逝。但是老张不甘心，硬去捉，结果诗写出来，明眼人还是一眼看出其中的怨。

后来老张可能也慢慢自省到这一点，有一天又和我聊起他"诗意的生活"，虽然仍不自觉地强调一番自己的快乐，但说完沉默片刻，又突然追了一句：算是痛并快乐着吧。

我当时无语，其实很想对他说，在痛与快乐之间颠沛流离，正是"人生即苦"。别太看重什么诗意不诗意了，都是垃圾，赶紧扔了吧。但我没有说出口，因为突然想到就在前不久，老张说坐公交车时一个姑娘给他让座，他很生气，因为没觉得自己是个需要被让座的老大爷。老张说，当场就想写首诗送给姑娘，题目就叫：姑娘，请别为我让座。

老 倪

正值下班时间，一路爆堵，大大小小的车如蚁爬行。

老倪开着车，老哥们儿老林坐在一旁，俩人要去参加个饭局。他们从小一起玩，四十大几了，依旧三天两头碰面，所以彼此也没什么可聊的，各自瞧着夕阳灰灰地照在车窗上，以及窗外蚂蚁一样的车和人，发呆。老倪突然说：真是人生苦短啊。

老林听了不奇怪，老倪是个虔诚的佛教徒。老林猜他可能又想到人生即苦、梦幻泡影之类。可是老林错了，老倪接着说：真该多驾车到野外玩啊，咱们去敦煌吧，或者塔克拉玛干？哪怕就五台山呢，撒了欢儿地开，一直向西。

老倪特别爱开车，去的地方越远越好。在北京开车，在老倪看来就像下楼倒趟垃圾，根本不配叫开车。五环路兜一圈下来才多远？不够热身的呢。朋友们一起出去玩，别人叽叽喳喳凑时间，好订同一航班，老倪往往会在一旁兴奋地插一句：干脆开车去吧！大家对他的爱好都早有了解，置若罔闻，继续叽叽喳喳。老倪也习惯了大家的置若罔闻，只当没说。

别以为老倪整天游手好闲，光惦记着出去玩，他其实忙得很。

老倪是个商人，香港商人，近年常驻北京。在瑞士、广州、香港等地有自己的工厂，做一些纸产品。基本以月为单位，老倪会在几地穿梭巡视一遍。他还是香港一个基金会的负责人，这基金会募集善款，帮助偏远的寺庙修缮，接济穷苦百姓，建希望小学。光这一件事，老倪每年捐助过百万不说，操的心更是如同海水不可斗量，脑子里随时都要绷着这根弦。

老倪还是个好丈夫，好爸爸。太太是个性情中人，热衷考察各地房地产，热衷购物，这么一说您就明白了吧，那得花多少时间陪着逛啊，还得忍受多少心疼啊。女儿在海外上学，老倪怕女儿跨洋飞行太累，让她待着别动，自己一年两三趟飞过去找她玩。这么说吧，他们一家三口团聚时，情景很像两个公主带着个老管家。

一班常来常往的朋友中，老倪年纪略长两岁，加上他一向忠厚实在、勤恳能干，所以大家有什么难事都找老倪。老倪从没说过不。渐渐地，老倪的家成了外地来京朋友们的宿舍。对他们而言，哪个酒店也比不上老倪家，老倪买菜做饭，开车带他们到处玩，甚至帮他们买好最新出版的碟片，供大家晚上回来消磨时间。

忙成这样，搁别人早烦死了，恨不得早早退隐山林，天天大觉睡足，醒了就听鸟叫看花开。老倪没这感觉，他觉得自己精力还足着呢，不停地做事才是最好的人生。老倪受不了一天无事，万一碰上约会被晃点、日程安排空闲这类情况，老倪掘地三尺，也要想出事来把这空当填满，比如趁着没事跑一趟，把车险先交了。其实离规定交款日期还半年多呢。

回过头来说那天，"人生苦短"的感慨发完，老倪突然发现道路前方有个路牌，标志这是三环路上的京沈高速出口。老倪突然蹦出个念头，对老林说：咱们去沈阳吧！

那天晚上老倪没去那个饭局，夜里十一点多，在沈阳一家小面馆里满脸堆笑地跟老林赔不是，因为老林一直埋怨，沈阳有什么好嘛，为什么要来沈阳！再说，既然来了，多待两天也行啊，可是睡一觉就必须回北京，因为第二天中午，老倪在北京还有一场重要谈判。

老林絮絮叨叨埋怨了很多话，老倪照单全收，他自己只有一句话，倒是说了很多遍：我就是想开开车嘛。

老 冯

老冯是个煤老板，五十多岁，不像平常人心目中的煤老板那么土，当然也半点不洋。大手大脸，皮肤粗糙黧黑，戴眼镜。常常穿个夹克衫，敞着怀，里边是毛背心，再里边是白衬衫，领口算干净，挺像个北方县城的公务员。

老冯真做过公务员，官还做到不小，副县级，主抓反贪工作。那时的老冯年轻力壮，做事雷厉风行，上下一片赞扬，有威信。年年得奖状，家里开始还挂，后来太多了，叠好了塞抽屉里。

老冯脑神经有一点小问题，两只眼皮儿耷拉着，平时审讯贪污犯时，坐在审讯桌后稳稳的，一个小动作没有。不知情的犯人以为主审睡着了可以开小差，眼珠叽里咕噜转，动小心眼儿怎

283

么逃避关键问题。这时老冯猛拍桌子喝道：别瞎琢磨了，赶紧交代！北方大汉的吼声，贪污犯听了像一声炸雷。

后来全社会改革的步伐加大，各地都在搞活经济，老冯那个县有煤，但国营煤矿个个经营得工资都发不出。县委县政府天天劝大院里的能人，让他们要有责任心，勇于挑重担，承包煤矿。别人听了往后缩，老冯向来被人当成大能人嘛，他自己也不客气，觉得一把子力气正要奉献呢，于是成了煤老板。

机遇这种事，从来没后悔药吃。没几年，当年那些县府大院里往后缩的人，背地里三五成群议论老冯：可让人家抄上啦，富得流油啊，当初咱咋就没这远见呢。

老冯租了城郊上百亩荒地，盖了三层大别墅，空地不浪费，跑北京重金聘请专家研究土壤习性，种了十几种药材。好几辆豪车并排停院里。别墅门口是个人造大景观，专从南方运来的太湖石近百米长，中间藏着喷泉。

可是老冯的生活没太多变化，那么大别墅，老冯只去过卧室和厨房。衣柜里，媳妇见天儿飞北京给他买的名牌衣服好几排，他当天试试，哄媳妇高兴，过后干挂着，还穿原来的夹克衫。一排车，每辆坐上去都有股羊肉味儿，外加酒味儿，这是老冯最喜欢的两样东西。几乎每天夜里，老冯开着车，呼朋唤侣打麻将，这是他更喜欢的事。以前当官不好意思打到太晚，现在没人管了。

老冯好喝酒，顿顿喝到高兴就开唱，嗓子特别好，唱得又用心，很动情，所以很迷人。在座要有姑娘，全能听迷了，一时间忘了老冯都五十多了。老冯看了姑娘们的眼神会心笑，挑其中漂亮的，一首首献歌，唱得更迷人。不过老冯献殷勤是有底线的，酒桌上咋抒情都成，一下桌绝对守规矩，老婆以外的女人，手都不碰一下。

喝多的老冯，还喜欢讲年轻时的知青经历，讲如何一顿饭吃八个馒头十个包子，讲如何为了让战友们睡个好觉，独自一人三个小时内装卸几大卡车的物资。那些故事重复率太高，周围人经常听他起个头，就各自聊别的去了。老冯不管，回回从头讲到底。喝醉了嘛，眼皮儿耷拉得更厉害了，别人啥反应不重要。

我也听他讲过几回同样的事，我注意到的是，每次讲的都完全一样，细节都丝毫不差，这说明，老冯是个实诚人。以我经验，爱吹牛皮人的故事，每次讲下来，细节上都会有极细微的差异。

最近一次见到老冯，他说要戒麻将了。他说现在这么阔，一天啥活儿不干也三顿好酒，不能这么下去，得好好干活儿回报社会，至少对得起这三顿好酒。对此我选择相信，因为我知道老冯戒烟的故事——有天上网看新闻，他点了支烟，抽两口架在烟灰缸上。隔了一小会儿忘了，又点一根，再要往烟灰缸上架的时候，突然发现前头一根还剩大半根，一缕青烟袅袅上升，像在嘲弄自己。老冯看着两支烟对自己说：我这不跟傻子似的嘛，做过的事都记不住，荒唐嘛。从那以后老冯再没抽过一根烟。

小　龙

小龙被公认为才女。早在八十年代，小龙还是中学生，公开发表了一篇早恋题材的短篇小说。当时社会闭塞，五十多岁的老作家碰碰都遭口诛笔伐的题材，居然一个十几岁的姑娘下了手。又因"我手写我口，我手写我心"，写的是自己同龄人，可想而知立即轰动全中国，如我一样与她同龄的中学生抢着看，争相羡慕。

正因有小龙这样早慧的才女垫底，二十年后我做文学出版工作，再看鼓噪一时的所谓少年作家，所谓"八〇后"才子靓女，镇定自若，毫不见怪，心想他们不过是小龙的后辈。

小龙生在上海，在北京读的大学。有种说法是，南方生北方长的人容易有出息，小龙符合这一条，确实有出息，在学校门门功课优秀，老师都喜欢。同学中，男生当然也喜欢，眉清目秀，英气频闪，情商又高，处处得体，没道理不喜欢。女生们心思细，要分两队，一队是喜欢，另一队是嫉妒。可小龙诚恳待人，嫉妒者也挑不出半点礼儿。

我和小龙同届不同校，两个学校近在咫尺。大三那年，小龙突然频繁来访，和我长聊犹太人问题。我那段疯读马拉默德、辛格等人小说，当时以为小龙可能也对这些感兴趣。几年过后，小龙和大家告别，要和美籍犹太人男友成婚，到美国定居，我这才反应过来，那会儿她爱上了同校留学的一个犹太小伙子。

小龙刚去美国那两年，偶尔能收到她的贺年卡。有张卡片上，她站在纽约街头，傲世独立的样子，卡片上的语句，也大致是众人皆醉我独醒的意思。如此不入乡随俗的姿态，按说应该惹家乡人操心才是，可是小龙的朋友们毫无忧色，那么有才的姑娘，怎么做自有她的道理，是疾是徐，各有各好，她明白的。

再后来贺年卡消失了，小龙音讯杳无。最后的消息是，那位犹太小伙在好莱坞从写剧本开始打拼，非常艰难。小龙作为一个上海人，会过日子的品质得到大施展，生活俭朴，但有条不紊，情趣盎然，夫妻恩爱。

又过了很多年，北京这边兴起看美剧，偶尔会在一些二流美剧的片头片尾，看到小龙丈夫的大名，不禁暗自为小龙高兴，想来打拼有所成果。

去年初秋一天，正在家摆弄新收到的茶，突然接到小龙电话，说人在北京。呼朋唤友，半个小时之后，小龙当年几个好友齐刷刷坐在一家餐厅。久别重逢，一时话都不知从何说起，人人脸上的思念之情却又写得满满。酒过三巡菜过五味，话茬儿才陆续接上头，她去国这些年的轨迹也渐渐被描述清晰：牺牲了自己的才华，专职辅佐犹太小伙奋斗，功夫不负有心人，终有成果，二十年后的今天，丈夫已是好莱坞一线制作人，小龙也终于有时间有财力做些自己喜欢的事。小龙现在有了三个孩子，一个赛一个聪明，小龙随身携带的一张照片上，三个孩子你拉我弹，正在演奏一段小提琴奏鸣曲。照顾好孩子们的同时，小龙积极投身各种公益事业，做得热火朝天。

那天饭后小龙到我家小坐。落座前，小龙顺手将沙发上几个被我枕成一紧团的靠垫拿起来，拍拍松后又放回原处。动作非常小，但姿态极优美。这一不经意的小动作我看在眼里，心想，昔日的清纯才女，已经成了一个魅力四射的成熟女人。

啰 唆

"啰唆"是外号，而且仅限极小的圈子里叫叫。小圈子里的人，暂且算是啰唆的同事吧。

并非常规意义上的同事。早些年啰唆和朋友合资办了一家印刷厂，管理得当，活儿做得精，很快声名鹊起，成了高端印制的代名词。厂里那些真正的同事管啰唆叫"总"，他们不知道老总有个外号叫啰唆。

啰唆钟爱厂里印的一种定期出版的丛书，而丛书主编头几期印下来，就深为啰唆的专业、敬业打动，瞅准个机会，力劝啰唆做了这套丛书的"责任印制"。其实对啰唆而言，这个名头可有可无，反正拿到厂里印的东西，无论活儿大活儿小，凡经他手签字生产的，无不从头盯到尾，操碎了心。有时甲方来印个图书封面，套好版，上机试，几趟下来，来厂里监印的美编都要大笔一挥签字付印了，啰唆伸出巴掌拦住说等会儿，这个黄还是有点多，来，再减一点点试试。

不过戴上丛书责任印制的帽子后，啰唆倒是和丛书编辑部的小伙子、小姑娘们打成一片。开始只是业务交往，渐渐地，编辑部的年轻人都迷上了这位老大哥，人既实在又喜欢玩，还能玩到一处，于是隔三岔五换了不同名义组饭局，大半夜去看电影首映场，周末偶尔唱唱歌，春秋两季天气好，抽不冷子还组织到远郊踏个青、伤个秋。正是在这小圈子里，诞生了"啰唆"的外号。来由是，平时那么可爱的老大哥，一旦讨论起和印制有关的工作，封面啦，色彩啦，字体字号啦，就像突然上紧了一根什么发条，左叮咛右嘱咐，絮絮叨叨不厌其烦。每逢那时候，年轻人都想改叫他大叔，不，大妈。后来他们温良恭俭让了一下，取了折中方案叫他啰唆。

啰唆四十几了，没成家，也没怎么见他谈恋爱。以我观察他是没时间，顾不上，兴趣爱好太丰富、太广泛，独自玩得很嗨，找个姑娘还要从头培养起共同爱好，太费事儿。当然，哪天撞上志同道合的，不用太培养的，兴许一拍即合就闪婚亦未可知。

啰唆爱好摄影，我最早认识他，就是一帮好友同去云南玩，其中一位又带了他的朋友，就是啰唆。我们包了一辆中巴，在山岭间穿梭往返七八天。如今回想起来，啰唆给我留下的印象，就是固定的那几副模样，胸前挂个大单反，手里攥个小徕卡，腰间别个随身用的镜头包。随时撅着、趴着、侧着、蹲着，甚至躺着，镜头指向一座山、一棵树、一片云、一群牛羊，甚至牧民家场院里晾着的一副鞋垫儿。

啰唆爱好打球，羽毛球，每周三四次，吆朋喝友一起去，没人响应就花钱找教练打，打得很专业，和教练互有胜负。打球时间没准儿，因为他的作息时间就没准儿，独身嘛，没羁绊，乘兴而往，兴尽而返，就图个自在。所以平时给他打电话，不时会碰到无人接听，不要紧，隔一会儿必打回来，气喘吁吁，那是他的中场休息时间。

啰唆还热衷收藏，传统字画为主，当代油画版画之类也有涉猎。不是偶一为之，是收藏家级别的，几家大拍卖行凡有新印拍卖图录，准会寄达啰唆手中。年年春秋两个拍卖季，啰唆场场拍卖会不落，而且事先研究，预展验证，临场竞价，无不认真到啰唆的程度，也因此，几乎回回都有斩获。

啰唆的收藏是有家庭传统的，他父亲就是个大画家，收藏开始得也早，所以年头一长，父子藏品加在一起，蔚为大观。啰唆既然在做印刷厂，近水楼台，将家里的藏品分期分批印成专辑，与亲朋好友分享。

要照这么介绍啰唆的爱好，还有好几页纸要写，就此打住。当年读书，啰唆读的是电影编剧专业，可是毕业之后没有从事过这一行。不过我觉得，他每天辗转于这些爱好中，也有点编电影人才特有的一种优势——体味多种人生的况味。

说起电影，啰唆在生活中虽然一身扮多角，但有一个角色好像只扮演过一回：伴郎，正是当年在我的婚礼上，西装笔挺，金丝边儿眼镜，腰杆倍儿直。婚礼过后几日，不止一位姑娘找我打听，那是谁呀？那会儿"啰唆"的外号还没出现，可见那是很久很久前的事了。

小 毅

上大学时班上有个女生叫小毅，眉清目秀，短发，经常一身军绿，片儿鞋，说话做事风风火火，干净利落脆，是典型的北京姑娘，颇有些飒然之气，在大片畏畏缩缩、羞羞答答的姑娘群中分外惹眼。

羞答答的姑娘们特别喜欢和小毅这样的人交朋友，性格豁达容易相处是一方面，多少也有攀个保护伞的潜在目的——但凡有人敢欺负自己的朋友，小毅这样的姑娘，会为朋友两肋插刀，眼都不眨。

上大学，还是中文系，学生们自由烂漫得一塌糊涂，恋爱之风盛行。开学没多久，鱼找鱼虾找虾，好多成双入对的，一下课便凑到一起，男生背俩书包，拎俩饭盒，女生一路依偎扭着，奔食堂。小毅四年级了，还没找到依偎的肩膀。

闲得蛋疼的人开始闲言碎语，猜小毅是同性恋。和小毅最要好的两个北京姑娘出来辟谣：别土鳖了！我们北京姑娘就这样儿！多少柔情蜜意都藏着，当像你们似的，叽叽歪歪，什么玩意儿！

小毅倒是笑对这些闲话，丝毫不以为意，该罩着哪些女生，还是可劲儿罩着，大大方方地单身着。

很快谣言不攻自破，因为有人探听到，小毅一直暗恋中学时的班长，据说小伙子帅极了，小毅就是忘不了，怎么也忘不了。别的男生在她眼里，最多是个班长的跟班儿角色。而这份情感老班长从来不知道，小毅一藏就是四五年。

毕业了，那会儿学校还管分配工作，大家挑来拣去，嫌肥嫌瘦。小毅不急不慌，只说你们挑你们挑，挑剩了的给我。小毅最后去了部队，教书。

之后很多年没有小毅的消息，只听说她成了家，过了几年又分了。先是部队文职干部，后来转业到地方，找份平平淡淡的工作，默默地生活着。

同学们纷纷人到中年，逐渐混出个人样儿，开始烧包大兴怀旧之风，同学聚会多起来。小毅也姗姗来了，跟在学校一样，眉清目秀，短发，虽然不穿军绿了，仍是一身朴素回八十年代的服装，稳稳坐着，不太爱说话。

酒酣耳热之际，甲说房子乙说车，丙说成名丁说利，小毅一概认真听，不发表任何意见。终于有人注意到小毅的存在，问她这些年境况如何。

小毅讲起她还在部队时，有天坐地铁，背对车窗，忽见同车厢对面而坐的乘客指着她身后，使劲儿冲她指指戳戳，等明白过来是说窗外站台上有人认出了她，回头看去，车已开动，站台上有我们一个同学。讲到这里，小毅最后总结道：分别这么多年，她竟然从背影就认出了我。

突然冷场。小毅的这番话和场上气氛完全不在一个频道，最后的总结，更好比天外来客的说辞，处在地面的大家，谁也不知怎么接这话茬儿。很快有人出来圆场，又说起新段子，众人又回到乱哄哄中。小毅稳稳的，并不尴尬，继续认真听。

前不久小毅突然请大家吃告别饭，说要去藏区一个小学校做义务教师，为期一年。席间大家了解到，小毅自从回归单身生活，就一直参与各种公益活动。开始只是利用业余时间，后来时间上总有冲突，索性辞了职，专心做公益，为此自己生活水平急速下降。但是小毅说，吃饭睡觉什么的，还是有保障的，花不了什么钱，只要不贪恋锦衣玉食，生活其实并不难。

小毅到了藏区后，不时给同学们写信，记得其中有一句说：这里卫生条件不是很好，一个月能洗一次澡，开始不习惯，时间一长，看到指甲里有泥也不以为意了，泥土很干净，我很快乐。

大　廖

最早认识时，大廖的头衔是"港商"。这意味着，一是香港身份证，二是从事商业活动。可瞧着真不像，一米八几的个儿，浓眉，高鼻，英气的瘦长脸，半长发，还烫了，不是披在肩头，而是后脖梗子扎一道，这样背后就留根小辫儿。本来足够帅的，像电影里的西班牙斗牛士，可一开口满腔京片子，又极少坐直过，半躺着赖不叽儿的，走起路晃晃荡荡，竟是不成器的艺术青年派头。

其实那时大廖已不年轻，三十六七吧。我呢，比他小十岁。

大廖性格好，就是特别喜欢闲，喜欢玩，而且不喜独处，专爱三五好友一同分享那种。但又不是滥好人，交友很挑，不挑贫富不挑年纪，只挑趣味。趣味投合，天天泡一起不腻；趣味不投，大廖很傲，冲人翻白眼儿，还拿话揶揄人，半句话就能噎人一跟头。

要说谁不喜欢闲、喜欢玩呢？可生逢迅猛变革的社会，真能心安理得闲得住，喜欢玩又玩得不那么俗套的其实不多。大廖大概觉得我们几个常在一起玩的朋友还不错，很快和我们玩熟了。

熟后才知，港人不假，生长都在北京，八十年代才随父母去香港。港商也不假，不过非职业，是帮朋友忙。朋友在香港有画廊，大廖在北京帮着盯盯市场买买画。专买油画。当时内地油画市场还一片混沌，大把眼下身家过亿的画家，那会儿为几瓶啤酒一顿饱饭，就能给亲友画幅小肖像。

大廖喜欢玩什么呢？喜欢逛街。那么帅的小伙子，身材好比衣裳架，随便买件衣服，一上身便不同凡响。大廖衣服奇多，但是家里乱哄哄的，满床堆衣服。半夜回家，一堆衣服中刨开一亩二分地蜷着睡。中午起床，满床衣服挨个儿闻，哪件没怪味儿套哪件，迎着正午的阳光出门耍。皱？不怕，大廖衣着风格就是皱。皱也分在谁身上，搁别人那儿是邋遢，搁大廖这儿是帅，而且陡然别具一格。

大廖喜欢吃，专吃小馆。长那么洋，专挑卤煮、门钉肉饼这些腌臜小馆，挑帘便进，大口吃蒜，吸吸溜溜吞面，动静不小，有老北京式略带夸张的痛快淋漓。不喝酒，有次在大家鼓励下，蚊子一般沾了几滴二锅头，躺饭馆门口台阶上俩钟头没醒。

逛街、吃小馆是喜欢，但对大廖而言，全部的玩加起来，都不如音乐好玩。最爱西方古典音乐，可不是随便喜欢喜欢的，是个发烧友。也不是随便发烧发烧的，是个资深发烧友，七十年代就用大卷盘式磁带，棉被捂着门窗闷头听了，那会儿这是"资产阶级生活方式"。

大廖经历了卷盘式磁带、板砖式单喇叭录音机、四喇叭夏普777 等时代的淘洗，社会进步开放到我们认识的时候，大廖用的是胆机功放，35A 书架式音箱，CD 机居然是个 Discman。说来也怪，多少人斥巨资配音响，听着不错，但到大廖家一听无不自惭形秽，只想回家把机器砸了。大廖说这不怪，他是做了上百次各种组合方式，最后才定在了这一格局。大廖还说：寸劲儿吧，让我赶上了。

有了大廖的带领，我们不时进出音响店淘器材，数十家 CD 店隔三岔五可见我们在货架间呼啸穿梭。过后小塑料袋装二斤狗不理包子，扎到某人家开听。别人"华丽""婉转""诗意"一类形容词横飞，大廖说出来的是：黏黏糊糊像块旧抹布；不干净，像大美妞儿嘴边挂两条哈喇子。

大廖的故事太多了，几天几夜讲不完。不过都是他四十六七岁前的故事。二十六七的我认识了三十六七的大廖，四十六七的大廖突然从我们视野里淡出。并非彻底消失，先是突然某天，请我们几个小吃一顿，庆祝他新婚，媳妇是个钢琴家。又突然有一天，请我们几个去他家，听他媳妇弹琴，庆祝他俩喜得贵子。

梅

梅的大名叫刘梅，生在北京，四十岁了嫁到外国。外国朋友们喊她 May。一喊就是小二十年，害她现在虽然回了北京，和旧日闺蜜痛聊当中需要自称时，也直接管自己叫梅了。

梅生在五十年代，该戴红领巾红袖章的年纪，既没戴上红领巾，也没戴上红袖章，因为家庭成分不好，父亲曾是民国政府的文员。所以梅没怎么上好学，中学一毕业就走上社会，成了不怕苦不怕脏不怕累的护士。

梅少年困苦的岁月，就像罗大佑歌里唱的那样，风尘刻画你的样子，全都刻在脸上。二十多岁的梅不时被人问：四十几了？谁还没个娇嫩爱美的少女时代啊，一开始梅很懊恼，受打击次数多了，战斗里成长，梅突然生出股大无畏的气势，爱谁谁。

爱谁谁的梅，从未在同龄男性那里收获爱情，都是友情。在女性那里，是加倍的友情。年轻的姑娘们都喜欢找梅诉衷肠，挽着梅逛商场，甚至，拉着梅一道去找对象。梅无畏、豪爽，直截了当没有弯弯绕，不好说出口的话，有梅代说。有梅陪着，能衬自己好看不说，还绝无尬行儿的危险。这些都是姑娘家的小心思，貌似深藏闺房无人晓，其实司马昭之心路人皆知。梅心里明镜儿似的，但是，爱谁谁。

梅见证了多少闺蜜从春心萌动开始，至恋爱，至结婚，至生孩子的全过程啊，有些孩子生在梅的医院，她都参与接生了呢。而闺蜜们一朝有了小孩，生活有了根本变化，逐渐都离梅远去。好几茬儿的闺蜜们纷纷远离之后，梅快四十了，还是一个人，爱谁谁。并非执意如此，就没机缘也真没办法。

许是陪了太多闺蜜相亲，撮合了太多痴情男女的好姻缘，月下老人都被梅感动了，突然有一天，天边冒出来似的来了位外国汉子，对梅一见倾心，穷追不舍。外国汉子仪表堂堂，内心纯净，家境殷实，梅表面再镇定自若，心底早已老房子着火，天天晕乎乎的。

三个月后，梅和各路姐妹洒泪相别，随外国汉远渡重洋。又一个月后，梅的姐妹们收到梅婚礼大宴的照片，照片上的梅仪态端庄，娴静良淑，姐妹们都惊了，都说从来没注意过啊，梅其实很耐看啊。

对姐妹们来说，梅从此好像突然消失，人间蒸发。偶尔大家聚会时说起梅，都心头沉沉的。

去年夏天，梅就像当年她那位如意郎君一样，凭空而降回了北京。梅的姐妹们兴奋得一聚再聚。都是小二十年没喝过酒的女人，整箱整箱的红酒往胃里砸。重新回到大家视野里的梅，腰身粗了不少，不过满面春风，脸上简直没什么皱纹，还说着一口流利的英语。又不见了婚礼照片上的端庄，还是当年那样直截了当爱谁谁。

姐妹们责怪梅玩蒸发，问她这些年过得如何。梅先连连致歉，再自罚三杯，然后理直气壮地说：还能干什么呀，不都一样嘛，结婚，生小孩，相夫教子，还能干什么呀，哪个女人不是这么过来的呀。现在好了，儿子争气，考上了哈佛，老公也老了，我也终于可以回我的北京了。

酒至酣处，梅高兴到伤感幽怨起来，对姐妹们说，我就是什么都比你们晚，恋爱晚，成家晚，你们现在个个都是社会栋梁了，我还是个刚刚解放的家庭妇女。不过我不怵，晚就晚，爱谁谁，你们干过的事，我也要都来一遍，我这次回北京是来创业的，注册了一家公司，想做中外文化交流，你们觉得行么？

卓 玛

是不是藏族姑娘一半以上都叫卓玛，藏族小伙子一半以上都叫扎西？我上大学头一天，结识一个藏族同班女生，名字就是卓玛，从此同学四年。

卓玛是青海的藏族，不像一般藏族姑娘长得黑，但也不能说白净。脸上没有一般藏族人都有的高原红，但整体红红的，不是白里透红，而是红里透红，气色好极了，看着就结实、健康，在一班刚刚经受了高考摧残的豆芽菜似的汉族女生堆里一站，有定海神针之感。

卓玛第一次开口和我寒暄，问的竟然是：你父母干什么工作的？我答：作协的。卓玛神情一凛，没再说什么。我暗暗对她这问题和这神情稍有疑问，但也没说什么。

后来相处多了，对卓玛上来就问父母这件事，不再有疑问，卓玛是那么孝顺的一个姑娘，父母是她生活中的关键词。刚进校园时，所有外地同学的家信都写得可勤了，两年之后还能保持每周写家信的就没几个了，卓玛是一个。每次接到家信时，卓玛红红的脸，因为兴奋涨得更红了。

卓玛从来不愠不恼，永远露着一口好看的白牙笑。藏族姑娘特有的那种浓密乌黑的头发，瞧着有股忠诚相。所以好多女生都把卓玛引为闺中密友，找她吐露心事，找她商量该对喜欢的男孩怎么表达。

卓玛没谈过恋爱，自己也稀里糊涂，当然提供不出什么实质性的参考意见。但是不要紧，女孩子们找卓玛吐露心事，找卓玛要参考意见，这些都是第二位的，她们看中的是卓玛的忠诚、贴心、嘴严实，不让她说，就打死都不说。

临近毕业时，都忙着毕业分配，整天填各种调查表。有天我正填一张家庭人员情况调查表，卓玛在一边看到，要过去看。刚看两行脸涨得通红，气愤地冲我吼：你这个人，人品有问题。我吓一跳，问咋回事。卓玛说：刚进校时我问你父母做什么工作，你说是工人，可你现在填的是在"作协"，文化人。你撒谎，不是原来撒谎，就是现在撒谎。

四年之后，我终于对她当时那一凛的神情也打消了疑问，她把"作协"听成"做鞋"了。

毕业了，很多同学削尖脑袋设法留在北京。一些分配到外地的，隔几年也使尽浑身解数重回北京。卓玛当然是回了青海老家，因为她的父母在青海，而她又是那么孝顺的孩子。在一所大学当老师，教文学理论。

有一年，卓玛趁着暑假来北京找同学玩，一见当年那些闺蜜，三十多岁的人了，手拉手蹦起来。好不容易坐稳了，大家打探卓玛的生活状态。出人意料的是，卓玛不再言必谈父母，改为言必谈丈夫了。丈夫长，丈夫短，丈夫让她少吃冰东西；丈夫让她出门要节约，多坐公交车，少打车；丈夫让她每天往家打个电话……

有人问卓玛，还没说和你丈夫怎么认识的呢。卓玛听了十分不解地一愣——怎么认识？还能怎么认识？父母包办的啊！这回轮到大家十分不解地一愣：这都什么年代了，心甘情愿让父母包办婚姻？还这么理直气壮？卓玛又是一愣，然后掏心窝了似的说：父母那么大年纪了，比我们的人生经验丰富多了，难道不该听他们的么？他们难道会害我？

小 连

那天接到朋友短信，艾特玛托夫去世。八十岁。肺癌。当时看了并无特别反应。及至夜深，周遭寂静，心里泛起二十年多前一件往事。开始星星点点，渐渐缀成片段。小连是这往事的主角。

八十年代末，我大学毕业实习，在一所中学做了三个月的老师，教语文。小连是班上的语文课代表。

当时女孩流行披肩发，课堂一水儿的长发披肩中，小连很扎眼，是刘胡兰式发型，很倔强的气质。小连穿衣的颜色也不流俗，很寡淡，不是黑就是灰。不过后来经我仔细观察，发现寡淡中藏着细密，每天早上来时，衣服都是熨过的，折线笔直，刀刃似的，一丝不苟。

小连神情木讷，寡言少语。照理每天她要收齐全班同学的作业本交给我，每次来，撂下就转身，没有笑容，更没有一句话。我当时理解，她这份木讷，是有一种孤傲在里头，大概觉得我这个老师不过大她两三岁，有点不服气。

有天放学我与她恰巧骑车同行，有一搭没一搭地闲聊，气氛沉闷。突然她问道，老师知道艾特玛托夫么？看过《白轮船》么？

那是八十年代，外国文学的译介正处在黎明前黑暗阶段，不安分的文学青年们仍在四处搜寻早年著名的"黄皮书"，即内部发行的一些"供批判用"的外国小说，其中就有艾特玛托夫的名篇《白轮船》，是我当时的钟爱之一。原来小连也看过。

得知我也喜欢艾特玛托夫，喜欢《白轮船》，小连突然话密起来，一句紧似一句，如同泄洪闸门突然大开，直聊到分手的岔路口，仍然滔滔不绝，意犹未尽。

从那以后小连在学校好像变了个人，开朗了，面部表情丰富，常常听到她的笑声。有时在楼道里看到她，走路一跃一跃的，全然不似原来那样木讷、孤傲。课下见到我，如果我没事儿，就天南海北一通闲聊。穿着还是灰黑色的基调，当然，还是每天熨过，不过偶尔会带些鲜艳色彩的小配饰品了。

又隔了几天，和小连在校门口正打个照面。正值冬季，清晨的天际线上，启明星闪闪发亮。她指着那颗星星说：我管那颗星叫"白轮船"。然后又稍带羞涩地说：这是我的小秘密，老师不要告诉别人。

从此我与小连共享"白轮船"的秘密。我们年岁相仿，我理解她的心思——有自己私密的钟爱，但在同学中没有交流的对象，猛然出现一个我，能与她分享秘密，让她体会到简单、美好、纯情，恰如《白轮船》描绘的明净天地，这让她在冰冷、压抑、干枯的高中生活中，体会到一丝温暖。

星移斗转，小连如今身在何处，忙些什么，音讯杳无。要说起来，这才是人世间的现实，相遇、分离全都猝不及防，所谓温暖，也是内心一层幻象而已。不过这层幻象比较隐秘，隐藏更深，因而不易觉察。

真是冷热易躲，温暖难防，如我此刻絮絮叨叨回忆这段往事，实际也正是借着写小连的名义，在贪恋一刻温暖吧？好吧，就算是我和小连把这一刻温暖，送给正在冰天雪地的广袤大地下长眠的艾特玛托夫。

小　江

上初中时，我们班有个小"四人帮"，莫逆之交形影不离，因此得名。小江是四个人之一。

小江是班上最早戴眼镜的，瘦瘦的小脸，镜框很大，衬得脸更小。小江家里上溯三代并无近视遗传，他过早戴了眼镜，只因酷爱躺床上看书。《说岳全传》《杨家将》，最爱读的是《三国》。有次小"四人帮"各自敞怀畅想人生最美妙的情景，小江说，大冬天，大棉被一裹，凑着床头灯看《三国》。

俗话说，少不读《水浒》，老不读《三国》，言下之意是《三国》里计算太多，容易叫人年纪轻轻即过分世故。可是凡事都两面说的，世故的反面，可能就是洞若观火、人情练达。不知是否和读《三国》太多遍有关，反正小江在小"四人帮"中最通人情世故，帮众之间互相串门，我们进了别人家，赶紧溜进帮众自己的小屋；小江不会，必与家长寒暄一段，尽管家长眼里我们都还是个小屁孩，根本不当回事儿。

小"四人帮"特别能玩，一阵儿迷集邮，一阵儿滑旱冰，一阵儿打台球，变着花样玩。四十多人一个松散的班集体，小"四人帮"团结紧密，成了小核心，每回玩耍新项目，都迅速带动全班的风行。缩小到小"四人帮"内部，所有项目更新，都是小江带的头，他好像每个毛孔都随时张开，接受新事物。

小"四人帮"莫逆期间，社会正处在转型期，经济变革潮流呼之欲出。我们三个傻吃闷睡，全无察觉，小江少年老成，可能多少嗅到一丝气息。初中毕业，我们三个上高中的上高中，上职高的上职高，小江却晃着瘦弱矮小的身子，毅然扑进社会大熔炉。

小江放弃读书也另有原因，八十年代国营大企业的铁饭碗还很坚固，这些企业里，子承父业之风流行，俗称"顶替"，即父母退休子女接班。小江兄弟姊妹多，家境又不富裕，于是母亲提前退休，小江顶替，一举两得，母亲可以从此专心照料家务，小江也早早开始挣钱。

小江的工作是安装电梯。那阵儿北京城撒了欢儿似的向空中发展，高层建筑像森林里雨后长出的蘑菇，迅速蔚为大观。这一来，小江他们一刻不闲。又因当时正时髦绩效挂钩，所以每月初的工资单上，小江的奖金是工资的十几倍。回家报告父母，两位老人家简直不敢相信自己的耳朵。

可在小江看来，工资奖金这些不过是燕雀之志，他的心气儿远不止这仨瓜俩枣儿。高额奖金是小江的原始积累，他用这些钱从小做起，尝试投入一些生意。最早倒卖些日用品，渐渐地，兜里钱像滚雪球一样，开始倒卖钢材。小江凭自己人情练达，生意做得极顺，很快成了我们这代人中最早富起来的人。

再后来，社会上突然风行起买卖翡翠，围绕翡翠出现了无数传奇故事。最神奇的是"赌石"，看上去癞了吧唧的一块破石头，打开可能就是稀世罕见的巨大翡翠。小江没有放过这机会，经过一番细致缜密的研究，他把所有的钱全都扔给了一块石头。赌对了，一本万利；赌输了，回到起点继续奋斗。

小江输了，从我们视线消失。没了小江，原来不时还聚的小"四人帮"彻底散了伙儿。那时光阴已经走到上个世纪末。

又过了七八年，小江突然冒出来，约聚会。见了面，只见他两鬓已白，眉宇之间没了以前的跳跃灵动，平添一份稳健之色。问他境况如何，只说做些小生意，踏实度日。再多问，便被他拿话岔开了。分手时，小江重复了好几遍，说要保持小"四人帮"传统啊，要常聚啊，还说他负责张罗。可是，恐怕他自己也明白，只说说而已，各自人到中年，各人心思早已不是小"四人帮"那个时候的情形了。

东　东

东东出没无常，神龙见首不见尾，忽而三两年杳无音讯，死活不知，忽而三天一小宴五天一大宴亲密接触。每次见都需从头打听起，在哪个城市，从事何种职业，女友换了没有，等等，每次都有天壤之别。

近来又是久不相见，昨天忽然在报端看到他名字，说是做了个蔬菜王国的动画片，主打健康快乐牌。蔬菜、动画、健康快乐……这些东西，与我之前认识的那个东东，又是风马牛不相及。

东东是个生意人，能折腾。无时无刻不在快乐地折腾着。

东东和我同年，也是"文革"时候出生。原本叫学东，典型"文革"孩子的名。长大了，嫌这名太俗，文东、卫东的臭大街，要改。改成什么呢？生在东北，雪是东北特色，有家乡意境，于是"学"改成"雪"，"东"也随之成了"冬"。

名字里有了北方的寒意，人却跑到最炎热的最南端，海口。那是九十年代初，海南岛仿佛遍地黄金，好诱人。东东冲到那里，凭机灵加苦干，三拳两脚踹成个成功人士，戴着溥仪式小墨镜，穿着价格昂贵的 T 恤衫，开着宽敞阔气的大林肯，街上随便一停，东东只想驻车打个电话，电话打完，紧闭的车窗外趴满姑娘们的脸。

东东对这些姑娘没兴趣，觉得她们俗，东东喜欢文雅型的。天南海北飞行谈生意，东东慢慢喜欢上一个空姐。从此做生意的步骤，全看姑娘的值班航线安排。有阵子姑娘只飞北京，大半年过去，东东没谈北京以外的一单买卖。

东东是个有文化追求的商人，稍有点原始积累，魔爪就往文化口儿伸，一下手就挑了电视剧。新领域，没做过，开始以合伙投资人身份进入。机灵啊，学东西快，尤其电视剧这种事，万变不离其宗，挣钱而已，这个东东熟，很快大局在握，从一个商人，蜕变成一个影视剧制片人。

自从做了文化人，东东越来越觉得海南没文化，要揭人生新篇章，收拾细软，举家迁往北京发展。说是举家，其实光棍一条，两箱子简单行李随身，当成携妇将雏。东东一直没成家，当年的空姐女友，终因聚少离多早散伙了。

人生有此大变动，我猜东东去请高人算了卦，反正又要改名字。好不容易从热带又回到了北方吧，倒又把名字中间的"雪"字换掉，改回学东了。东东自己都不嫌折腾，朋友们也只好顺他的意，改叫新名字。叫之前总免不了讽刺他几句。

北京文化人扎堆儿，东东很快与文化人打成一片。听文化人朋友说，光拍电视剧不能算真正文化人，得拍电影。同时又听生意场的朋友说，拍电影，拍十个赔九个半。东东内心挣扎好几个来回，最终咬牙拍了板，为了文化情结，赔钱算什么，何况还有半成不赔的机会呢。拍成以后，果然因为这样那样的原因，至今没能公映。

作为生意来讲确实赔了，但是东东坦然，做生意，哪有天天赚的，东方不亮西方亮，生命在于折腾。这不，又拍了时下最最时髦的动画片。据我看到的那份报上说，东东又是天南海北跨领域一通大折腾，天天跑断腿，网罗了十几个正当红的主持人和电影明星，配音阵容超强，说话就要公映了。想来这些日子，东东又在全国各地快乐地奔跑着。

麻雷子

"麻雷子"是外号，是我初中同学，十四五岁已经一米八几，现在不稀奇，八十年代可算大高个儿。不光高，还壮，身形魁伟，脸上却白白净净。小小年纪就近视，戴着当时罕见的无框眼镜，衣着入时，用料讲究，活脱一副纨绔子弟模样。

我们读初中时，贫富分化尚未出现，不过家庭条件还是有优劣之分的。麻雷子的父母是归国华侨，是当时最时髦、最招人艳羡的社会阶层。他能早早充分发育长那么高，同学们总结过，家庭条件好，天天喝牛奶、吃黄油，能长不高嘛。

麻雷子家是个独门四合院，离天安门咫尺之遥，北京城黄金地段的正核心。一个春天的傍晚，我在他引领下，爬上他家屋顶，眺望金灿灿的城楼，豪迈之情油然而生。麻雷子呢，在这小院长大，习惯了，并不激动，但见兄弟我这般开怀，也咧着小瘪嘴。

麻雷子是特别适合当哥们儿的那种人，每年除夕，我们几个小伙伴的守岁地点，都在麻雷子家独属于他的那间北屋。嗑嗑瓜子，喝着香片，偷偷抽烟，看着窗外自家院里的积雪，舒坦自不待言。麻雷子颇有主人翁架势，除了招待吃喝外，还早早备好一大箱鞭炮，除夕熬一宿，大年初一天还麻麻亮，我们怀抱二踢脚、一千响什么的，跑胡同口一通乱放。

"麻雷子"的本意就是指炮仗。早年北京人过春节，最喜欢放二踢脚和麻雷子，二踢脚两响，麻雷子只一声，却声震云霄。麻雷子外号的由来，便与此有关。他脾气特别倔，平时话很少，蔫头耷脑，真被逼急了，暴烈发作。不过发作的同时也就结束了，不再作细密缠绵的纠缠，正合了麻雷子一声响的特性。

麻雷子学习成绩不佳，有次老师训斥他，说着说着，话里开始夹枪带棒。麻雷子开始蔫头耷脑地听，听着听着，突然眉毛倒竖，暴吼一声：你还有完没完！老师吓一哆嗦，愣在当场，麻雷子却摔门而去，又和同学耍上了，好似什么也未发生。

成绩不佳是因玩心太重。麻雷子的玩，不是那种疯玩野跑式的玩，而是气沉丹田、慢条斯理瞎琢磨的那种玩，比如钓鱼，比如把收音机录音机大卸八块再装回去。他家小院的玻璃窗上，画满铁臂阿童木，都是麻雷子一笔一画忙乎了大半年的成果。尽玩了，初中毕业没考上高中，上了一家培养饭店旅游业人才的职业高中。

我们上大学时，麻雷子已经走上社会，当了导游，天天在机场、酒店、旅游点穿梭。那时导游是个挣大钱的职业，麻雷子迅速致富了。无框眼镜外面，又卡了一层墨镜片，一身名牌，仔裤屁股兜里的钱包鼓鼓的，直往下坠。还开了辆大发面包车，可神气了。苟富贵，毋相忘，麻雷子惦记着老哥儿几个，不时接我们去丽都、燕翔这样的酒店大吃大喝。可怜我们这几位还在臭烘烘的学生宿舍苦熬，天天见不着油水的，顿顿吃爆，麻雷子坐在一边憨憨乐。

再后来经济大潮扑面而来，人人忙得不可开交。我们几个上学的终于毕业了，也都义无反顾一猛子扎进潮头。麻雷子好像挣了不少钱，不当导游了，开始倒腾生意。光阴似流水，转眼十多年过去了，我们再没聚过。

又一个春天的傍晚，我在浓荫密布的一条小街正走着，突然听到一个熟悉的声音，竟是麻雷子。胖了很多，还是无框眼镜，只是更讲究了，衣着还是那样入时，从纨绔子弟变成大老板的派头。我高兴得直拍他的肩，却也没什么话说。他呢，憨憨乐，也不知从何说起似的。那一刻，两个少年在房顶看天安门城楼的情景，在眼前重现。

豆 腐

"豆腐"是我大学同学，同寝室吃喝拉撒睡四年。

外号有很多种起法，体貌表征、性格特点、标志性事件……豆腐之名的由来，却是将其学名速念所得。他学名叫邓有甫，挺文气的，家里应该有读书人。

大学毕业十几年后，老同学大聚，一片惊呼，原来的校花变成了胖嫂，原来的足球队帅哥谢了顶，更让人惊呼的，是几个在校时羞羞答答、话都说不利落的兄弟，现在成了大干部，天天给好多人做报告。豆腐也当官了，在武警部队的消防系统，据称因为几次处理紧急情况得力，记过二等功还是三等功。豆腐通报这些时，大家听得很平静，一丝诧愕没有，因为大家想象中，豆腐肯定要当官，豆腐就应该当官，迟早的事。

豆腐这外号听着软塌塌的样子，真人完全相反，是个棱角分明的人。性格和长相都是。从打上学那时起，豆腐说话就不多，一旦出口，一律短平快，还是稳准狠，坚毅果敢的样子。豆腐喜欢公益事业，食堂伙食差了，别的同学骂骂咧咧，到了饭点儿还是乖乖去了；豆腐不然，一个脏字不骂，但是坚决不去食堂，夜深人静，点灯熬油钻在蚊帐里给学校总务处写抗议信。这件事后，豆腐被选为中文系学生会的生活委员，经常操着一口硬邦邦的广西方言，代表我们与食堂的师傅们谈判。

系学生会生活委员，是豆腐在学校官场生活的起点，自此一发不可收。很快他被我们全宿舍楼几千人推选为"楼长"，隔三岔五找学生处吵，找总务处吵，找保卫处吵，为我们这些群众争利益。说是吵，其实豆腐统共没张几下嘴，不过说出来那几句，都不容置疑。

再后来豆腐入了党，床头多了个红色的塑料皮本本，是他开党员会的专用笔记本。再后来豆腐进了校学生会。教师节到了，中央领导来学校看望师生，豆腐代表我们和好多领导同志握手，可神气了。

豆腐的话更少了，原来就不多的话，现在说起来更字斟句酌，好像聂卫平下围棋，不想出几十步都不带落子的。这样一来，豆腐要么不开口，开口就比原来更短平快，更稳准狠。脸上惯有的表情都变了，原来只是有些冷峻，后来加了不少忧国忧民式的沉重。

我一向自由散漫，渐渐有些看不惯这个，觉得豆腐有点装紧，天将降大任于好些人呢，不光您一个嘛！好在他话少，本来也没什么交流的机会，如此一来，相互之间越来越客客气气，怪里怪气。

大学毕业二十年，这二十年里，我也阴差阳错当过几天小官，今天偶然想起豆腐，以我有限的当官经验回想他的话少、字斟句酌，突然想通了为什么。一般来说，言多必有失，豆腐早早进入当官的轨道，必有前辈教了他这道理。再说，哪怕只是学生干部，也一样经常开会，所有的会，注意力都要集中，发言都要声情并茂。最可怕的是，会连会，主题形式千差万别，会一多都被弄混了，一天下来，大脑一团糨糊，如果不是自己的亲人爱人当前，真懒得再开口。

还真是，话说当年豆腐快毕业的时候，相恋多年的女友从老家跑来看他，豆腐就天天乐得合不拢嘴，话也说得叽里呱啦的。

王老黑

小王的朋友们都叫他王老黑，长得黑只是次要原因，主要因为小王待人接物果敢坚决，爱憎分明，有心狠手辣的黑道做派。

小王原来不这样。他从小学乐器，进步神速，十来岁被文工团选中接来北京。文工团属部队所有，过日子半军事化，小王基本没有独处的时候，宿舍、剧场两点一线，很少与社会接触。

团里的大姐都疼爱这俊俏的小弟，见他就掐小脸蛋。小王那时特别害羞，人家一掐就脸红了，心里不乐意，嘴上不敢反抗。成年以后，小王有个毛病，不让任何人碰他脸。

小王的成长与社会大变革同步，眼瞅身边原来同台演出的人人暴富起来，奢华度日，小王心思也活了。终于有一天，他离开了文工团，仗着认识的演员多，开始组局走穴。

早年的文艺穴都是空手套白狼，钱好赚，但小王忙乎半天却没挣到什么钱。问题出在害羞上，一开口就成了小狗小猫，老不敢开腔儿。

小王开始苦练大开狮口的本领。那阵儿小王见朋友也黑着个脸，脾气很暴很躁。去饭馆吃饭，经常寻点小碴儿怒训服务员。矫枉过正吧，小王变得真黑起来，天天嘴里几百万的买卖谈着，不管真的假的，眼睛都不眨，谎话随口来。小王发财了。

发财后的小王，很快腻烦了天天泡夜总会的生活，觉得千篇一律，不过如此，就有点空虚。人一空虚，坏朋友乘虚而入，小王迷上了赌博。开始也就玩玩麻将，打打扑克，一场赌下来不过万把块钱出入。可是慢慢小王觉得不够刺激，越玩越大，到后来，已经通过越洋长途赌球赌马，一夜间输个上百万，小王照样请朋友吃消夜，喝大酒，丝毫没有心疼的样子。

小王完全变了个人，忽而天上忽而海底的，在朋友们看来，甭管他做出什么事，都不再惊讶。好比小王前一天还招二十多个朋友吃鲍鱼呢，后一天就穷得在家翻床底儿，找空酒瓶子退几毛钱，买俩烧饼充饥；前一天还开着大奔接朋友去爬山呢，后一天出门就改挤地铁了。

最逗的是，小王出于赌博需要经常出境，每次过海关都会被人来回来去反复搜查。海关的人完全不相信有人拎着个超市的塑料袋，里边装了一瓶矿泉水就去美国了。有一次海关查完小王全身，不自觉地把心理活动说了出来：您这也太不拿出国当回事了吧。

小王恋爱了，姑娘是个舞蹈演员，活泼灵巧，小王一见到她，仿佛又变回小时候，常常脸红，虽然因为长得黑，不太容易看出来。小王收了赌心，拉开认真过日子的架势，买了房，车也买了一辆不上不下、以本分低调著称的帕萨特。也不出国了，倒是不时邀请朋友去家里，做一大桌子丰盛的晚宴，把酒言欢。

那姑娘比小王小很多，正是折腾的年纪，很快厌倦了小王去寻新刺激。小王把自己锁家里一星期，出来后请大家吃了顿饭，宣布恢复赌徒生涯，从此一发不可收拾。偶尔见到他，只有一个感觉，就是越来越黑了，可能是心底的黑气也罩上了本来就黑的面容，相映成黑。

再后来小王人间蒸发一样，杳无音讯。朋友们有时团聚，互相打探他的下落，没有一个人知道。只听说，小王终于赌得倾家荡产，把能卖的一切都卖了。

前不久小王突然出现，胖得叫人不敢认。一帮人东一嘴西一嘴热烈了好几个钟头，弄明白小王已经戒赌两年，现在南太平洋一个岛国，开了爿小店，循规蹈矩、安安静静地过日子。可能天天在家揣的吧，白了好多。

吃完饭，互相告别，小王突然直愣着眼睛说：我还是想回北京，北京是家。

附 录

《过得去》初版自序

书名缘起于网络上流行的一句话，"到不了的都叫远方，回不去的都叫回忆"。

这话到底想说什么我其实不太明白，好像有点形式大于内容，觉得这么个调调说话有意思、显得机灵吧。也确实像情窦初开的维特用粉红信笺写情书，抖机灵。

回不去的都叫回忆，我猜实际想说的是，过去心不可得。"过去心不可得，现在心不可得，未来心不可得"，古人说得如此简洁透彻，到今天，就绕得这么模糊别扭。人心曲直变化，从中可以管窥。

写作一道在今天，因为发表途径便捷，造成大多数人写起来不过脑子，随便写完，鼠标一点撒出去，流于报刊或者网络。这样的写作又分两种，一种是"宣泄式写作"——纯为情绪找出口；一种是"打工式写作"——像在饭馆洗盘子，完成任务而已。二者都对写作缺乏敬畏心。

也有精心侍弄文字的，也分两种。一种如前所述抖机灵，追求腔调重于追求内容，追求"逗"重于追求意义。还有一种，仍将写作当正经事，孜孜以求，追求文字之美、之力量、之我手写我心。

打工式写作、宣泄式写作，出于种种因缘我也都曾尝试，写完无不愧悔莫及。随着年龄增长，越来越少这样的孟浪，随时提醒自己，文章千古事，风雨十年人，写作不是个小事。虽不能至，心向往之。

接下来的问题是：写什么？

才疏学浅，学术著作写不了。井底之蛙，鸿篇大论更写不了。关键是也没什么好写的。平日读时髦书，看到不少人兴致勃勃地学术，慨而慷之地鸿篇大论，以为自己很有创造力。可我读完，常替他们脸红，那些论点论据，甚至作论方式，两千年前都有过。

所以我只老老实实写点回忆。真人真事，都是自己经历的，对自己人生观、世界观的形成有过影响的。于自己有三省乎己的企图，于他人许是个借鉴。就心存这信念，默默写到今天。

对于真花工夫琢磨文字的人来说，的确冷暖自知。个人的体会是，从完全不会写，到写得有模有样不太难，但越往前行，越是难上加难。打个比方就是，从零分到九十五分不太难，后面那五分，每前进一步都需脱层皮，重新做人。

曾有友人来探讨，究竟怎样的文章才算好文章。我按自己体会回答：不做作。又追问：什么样的不做作？答：一切不做作。这个，就是后边那五分的内容，全是心上的动作，太难了。

为编这本文集，检阅这两年写下的文字，对自己仍然很不满意，原因就在处处仍可嗅到做作气息。这现实令人绝望。但这又是没办法的事，做作是我们平常人心的常态，想要彻底消灭，几乎是不可能完成的任务。能做到的也许只是少点，再少点，哪怕少到小数点之后十位数、百位数，还有小尾巴藏着。总之前边的路还长，好在我对写作仍有热爱，我会努力。

最后要说的是：回忆于我，是回得去的，回去的途径就是文字。"回得去"念着不顺耳，所以改成"过得去"。其实这还是借个方便说话，哪有什么过去可以回，所谓过去，都是现在心里的过去，无不都是现在一笔一画写出来的，而每写完一个笔画，它又成了过去。如此，当然也就没什么回得去、过得去。

2009 年岁末，北京西坝河

《百家姓》初版自序

这些文章都很短，写的时间跨度却挺长，三四年了。

三四年前某一天，我去理发。进了店，脱外套，小工接过去，换回一个存衣牌，拴在我手上。坐到椅子上，小工替我围上围裙，我闭上眼睛。耳边是剪刀落发的嚓嚓声，周围三三两两聊天的南腔北调，还有店里循环播放的流行歌曲……这些声音浮在半空，若有若无如梦幻一般。那一刻忽然想到小张。就在这家店，小张给我理了好几年发。一个念头冲上来：我该写写小张。

我是这么想的：活了四十年，遇到好多小张这样的人，我们互为生命中最轻微的过客，有的仅一两面之缘，即成永久陌路；有的如小张一样，多年定期交集，却从未专心留意。这些人很像那天店里的那些声音，浅浅地、飘飘地浮在生命的表层，很虚幻，可是定心一想，音容笑貌又宛现眼前。

顺势就想到琉璃厂伙计小罗，我从他那儿买过几千张纸，可所有交谈加起来不超过十句话；想到小时工小月，帮我打扫卫生两年多，可我们之间只是不断重复相同的几句对话，我开门说来啦，她关门说再见。

从那天起，我开始写这些人。不定期地写，不刻意地写，忽然想到某个人，就撒开思绪的缰绳，放任它多跑会儿，过后把想到的记下来。

起先写貌似陌生的熟人，后来也写貌似熟悉的陌生人。很多相熟的朋友，以为全面了解，其实经不起细想，越想越不把稳，我们彼此真的很熟么？经常也只是一种习惯而已，习惯了当作熟人相处、相敬、相亲，甚至相爱。实情是，人人孤苦熬世，所见所处，也无不零碎片面，哪有什么全盘知晓。

都写不长，像人物速写，只勾勒个大模样，并不细摹。是有原因的：一是因为得到报纸副刊青睐，要逐篇发表；二是对自己笔力深浅有自知，生怕细摹露怯，因而有意藏拙。

我多少也有点态度在里头。我想的是：现在人真能写，以至出书越来越厚，厚到原来大小适中的开本排不下，一时各种宏大开本遍布书市。书柜里从此"远近高低各不同"，想收拾整齐，成了一件"不可能完成的任务"。可那些文字，在我这个做编辑的看来水分太大。

曾有个作者，送来一部三十万字的小说让我提意见。我看完劝他：不如删成三万字的小中篇，一定精彩。这作者从此不屑搭理我。别人管不了，就管管自己。我决定尽量写短句，写短文，有机会出书，也出得尽量薄一些，开本正常些。这年头，开本小些、文章短些、文字精练些的书其实不多，我想往这方向努力。

更深一层的意思，我要引用巴伐利亚戏剧大师卡尔·瓦伦汀（Karl Valentin）的一句话来表达。他说："一切都已被说出来，但不是被所有人。"既然我没有自信说得更好，就选择了尽量不要喋喋不休。

五十个人，却叫作"百家姓"，乍看驴唇不对马嘴，其实并无不妥。中国经典启蒙名著《百家姓》，也不是真只收录一百个姓氏，而是五百多个。叫"百家姓"只是取个方便。另外，多少也有激励自己继续写下去的意思。

2011 年元月，北京西坝河

《百家姓》初版后记

封面这棵树，出自明代松江派画家宋懋晋《摹诸家树谱》。在这一长卷中，宋懋晋临摹了自唐迄元二十多位画家笔下的二十多棵树。

二十多棵树里，我一眼看中这一棵，自是有缘。细打量，先是发现，这棵临摹的是王摩诘；后来又发现，长卷起始处宋氏即有阐述："树为山之侣、水之伴，道路之朋友、屋宇之衣裳。故从古至今无无树之画。"

这意思，正巧与本书内容略有契合——书中写的这些人，可不就是我之侣、我之伴么。人生如画，无无伴侣之人生。

又一层巧在，说到人物关系谱，中外都有以树状表现的习惯，而我写的这些人，正如这棵树上的条条分枝，各自独立地茂盛，又都来自同一根主干。这根主干，就是我们生存的这个时代。

图书在版编目（CIP）数据

愿言怀人 / 杨葵著 . -- 北京：作家出版社，2022.3
（杨葵自选集·卷三）
ISBN 978-7-5212-1701-8

Ⅰ. ①愿… Ⅱ. ①杨… Ⅲ. ①随笔—作品集—中国—
当代 Ⅳ. ① I267.1

中国版本图书馆 CIP 数据核字（2021）第 265859 号

愿言怀人

作　　者：杨　葵
责任编辑：钱　英　杨新月
装帧设计：范　薇　孙惟静
出版发行：作家出版社有限公司
社　　址：北京农展馆南里 10 号　　　邮　　编：100125
电话传真：86-10-65067186（发行中心及邮购部）
　　　　　86-10-65004079（总编室）
E-mail:zuojia @ zuojia.net.cn
http://www.zuojiachubanshe.com
印　　刷：北京盛通印刷股份有限公司
成品尺寸：130×203
字　　数：224 千
印　　张：10.875
版　　次：2022 年 3 月第 1 版
印　　次：2022 年 3 月第 1 次印刷
ISBN 978-7-5212-1701-8
定　　价：49.00 元